有種女孩像刺蝟一樣，
不溫柔，是因為她必須堅強，
渾身是刺，才能勇敢長大，
用開朗掩飾孤單，用不在乎掩蓋受傷，
在每一句抗拒愛情承諾的背後，都藏著渴望被愛的嚮往……

若你聽見我的孤單

OL心聲代言人

雪倫

編輯的話

到了一個年紀，回看人生，或許會發現，現在的活法，和年輕時想像未來的活法截然不同。有人曾對浪漫愛情充滿嚮往，但後來選擇單身；有人曾對事業有雄心壯志，但後來選擇家庭；曾經覺得此生必跟某人終成眷屬，但最後卻和另一個人共結連理；曾經深信不疑的事物，過個幾年再看，就像夢幻泡影一樣。這世界沒什麼必不會改的事情，「改變」本身就是一種定律。

讀雪倫的小說，對於人生的變與不變，特別有感。故事裡每一個角色都活靈活現，即使是微不足道的配角，也有自我的喜怒哀樂。她們或他們都活在現實中，真真實實，有血有肉，不僅只在小說中出現，也是你我身邊經常可見的人物。有談了超過半輩子戀愛，勇於為愛向前衝但不懂得負責任的母親、總是為了家庭圓滿而在婚姻中忍氣吞聲的大哥、敞開肉體勇於相戀但畏懼承諾的二哥、勞苦半輩子為子女付出但不懂得表達，即使生病了也不捨勞動孩子照顧的中年漢子彪哥……還有行事利落，處理工作永遠比處理感情優秀，外表成熟冷硬，但內心熱血，對旁人掏心掏肺地付出，比對待自己更好的女主角！

雪倫有一枝神奇的筆，在她的筆3下，沒有誰是完美無缺的王子或公主，人人都有自身的缺陷，但正因為他們性格或心態上的缺點，給了他們無限變動、發展的可能，而這些變數交織出來的，是一段又一段精彩的故事。

精彩的不僅僅是這些故事，更是那些藏在層層推進的劇情中、在精細人物描寫之下，像鉤子一樣，牽引著人呼之欲出的感受——就像是一面鏡子，無論是為愛奮不顧身的年輕女孩，還是經歷過幾番悲歡離合，對於愛情雖有渴望但逐漸看淡的熟齡女子，都能從故事裡看見自己的樣子。

這是一個最熱鬧的小說，人物鮮明，節奏明快，事件眾多，草灰蛇線，伏筆千里，但卻有一個最清冷的書名：《若你聽見我的孤單》。看似極端反差，卻與主題環扣相接。是雪倫的巧思，也或許是她留給讀者們掩卷後反思的餘韻。冷與熱、冰與火、熱鬧與孤寂，看似對立，不過只是一線之隔，就像人生中的無數變化一樣，互為表裡，相依相存。

再好的故事都要被閱讀才有意義。但願每個翻開這本書的讀者，都能走進雪倫筆下的世界，享受她的故事。在歡笑或淚水中，得到溫暖，得到力量。

Chapter 1

我沒有想過，自己可以成為這樣的人。

站在學校剛蓋好的華麗禮堂講台上，眼前是幾百個大學生，臉上有各種表情，有人呆愣、有人專注、有人睡到嘴巴開開。室內溫度就像臭氧層沒有破洞，冷氣任性的彷彿開到零下三度，我在發抖。

只是不知道是因為冷而抖，還是因為緊張而抖。

「……總之，創業是一條又痛又爽的不歸路。我不會叫你不要走，畢竟人生也是一條不歸路，一切都在於自己的選擇。以上就是我想和大家分享的，謝謝。」我露出微笑向台下的所有同學致意。

講完，我頓時就不抖了。

底下響起一片熱烈掌聲，至於是因為我的演講內容獲得反饋，還是他們因為總算解脫而鼓掌慶賀，我一點也不在意。我自豪的是，有麥克風恐懼症的我，竟然能拿著它，對著一群人自言自語講了一個小時。

我好厲害，全世界都該為我鼓掌！

「謝謝 weup 的丁熒執行長為大家帶來這麼棒的演講，同學們是不是覺得很有趣？」邀請我來演講的輔導室老師，很熱情地給我做了一個收尾。

「是！」

感謝同學們的捧場，無論是真心還是假意，我全都接受。現在我只想回家躺下壓壓驚。

「……丁執行長不介意的話，我們現場來個Q&A好嗎？我相信同學們一定還有很多好奇的問題想問。」老師的眼神瞟過來，變成小甜甜那種祈求無辜的星星眼。但明明當初就沒有講到要來這一段，神也沒有跟我說要來這一筆呀！可是眼前這麼多人，我這種生意人怎麼好意思得罪大家，說一句「不，我要回家」。

我漾起職業笑容，「當然沒有問題啊！」事實上，我腳上的高跟鞋鞋跟都快陷入講台的木質地板裡了。

「太好了，同學，快點！大家快把握機會，想發問的請舉手，我們會有工作人員把麥克風遞到你們的手上……來，有沒有問題？」老師用力炒熱氣氛，熱情程度像我家附近的一百元大火熱炒。她很會炒，沒去當晚會主持人真是太可惜，她在我心中的地位，直逼陳漢典。

但我相信同學們一定沒有問題。

十年前我念書的時候，碰到這種環節，大家都沒有問題，舉手像是會要了我們的命一樣。為什麼要有問題？怎麼會有問題？那時最大的問題只有一個，就是老師的廢話怎麼可以這麼多？

台下一片寂靜。顯然轉眼十年，歲月流逝，但只要是學生，仍保持相同的信念和一貫的傳統——沒有問題，就不會有問題。

老師炒熱氣氛失敗，一臉尷尬，而我在心裡瘋狂吶喊：太好了，再一分鐘就可以離開這座講台，丟掉那個裝著PPT的隨身碟，忘掉背了一個星期的講稿內容！我需要三天買醉忘掉這一切，可能還要來個短期旅行，嗯……去香港好了，可以喝過一間又一間的酒吧！不過在出國前，我要先殺了公司合夥人茱莉和湯海若。

茱莉上個月私自幫我接了這場演講，而湯湯又用激將法，兩人狼狽為奸，逼得我這種只敢拿錢櫃KTV麥克風的人，站在莘莘學子面前，用我充滿負能量的人生，開示這群孩子們對於未來的徬徨和不安。那份被茱莉和湯湯修了上百次的講稿內容，根本不是我想要講的。

我其實只想跟大家說：「別相信什麼正能量，人生就是一個狗屁，臭過了就好。」再補上一句，「什麼創業達人！我只是為了混一口飯吃。不想當人家員工，就只能當自己老闆，創業對我來說根本就是創傷。」

但這幾句話，被湯湯用紅筆畫了個大叉叉，還被茉莉念了三天，說根本是在破壞公司形象，還去誤人子弟。

拜託，公司又不是我一個人的，而是我們三個人的，我只是剛好掛個執行長的頭銜——湯湯是藝術總監，茉莉是財務總監——不就是職稱好聽一點而已。最好笑的是，公司編制也就只有我們三個人和三個助理，但茉莉偏要玩頭銜這一套，說這樣出去跑業務時比較能唬人。

唬什麼唬，我靠的是實力好嗎？

我的腦子都已經想像到去香港繞一圈回來後要做什麼了，台下仍是安靜無聲。老師尷尬地看了我一眼！我等著他放棄，對我說：「丁執行長，同學們今天比較害羞，我們的活動就到這裡結束。」而我會很開心地點頭回應，「沒關係，下次還有機會。」

但，老天爺知道，不會再有下一次了。

我死都不會再出來拋頭露面做什麼演講。人要懂得自己的能耐在哪裡，要介紹weup的內衣多好穿，我可以講上十八個小時，但要講這麼多冠冕堂皇、鼓勵和開導的話，我真的嘴軟，我真的心虛，我真的頭皮癢，我真的覺得會下地獄被割舌頭！

我自己的人生都不怎麼樣了，怎麼好意思鼓勵人家。

如果人生規則是「活著，就需要鼓勵」，那我會對每一個身邊的人鞠躬致敬，誠心誠意說聲「辛苦了」，但絕對不會說什麼「未來很棒」、「未來很好」之類的空話。未來還沒有來，誰都不知道它會不會好，我們能做的只有努力，努力不被這個世界消耗殆盡，就算好了……

正想著，突然台下傳來一道軟嫩的女生聲音。「我想請問丁執行長……」

老師尷尬的表情消失了。她笑了，換我想哭。

「大家對於創業的女性，都會抱持對方是女強人或是很強勢的印象，這對感情生活會有影響嗎？」

我望著問出問題的女孩，業務人的職業觀察病又犯了。

她那雙圓圓的大眼目光清澈，上了薄妝的皮膚看起來令人好想咬上一口，唇上擦著最新的乾燥玫瑰花色口紅，出門前曾用髮髮器造型的微鬈中長髮，髮色還是今年最新流行的顏色……大學生要能做花錢的打扮，一是家裡有錢，二是自己賺，而會問這樣的問題，表示她沒有打工過，否則，加油站的油槍重不重？便利商店貨物箱重不重？飲料店一桶又一桶的茶桶重不重？

當然重。不是只有創業，能搬這些重物的女人，都是女強人。

我回答女孩，「會影響感情的，只有挑男人的眼光。如果覺得自己沒有什麼眼光的女孩，請一定要當個女強人，至少妳可以靠自己好好生活。」

「所以執行長的意思是說，妳沒有挑男人的眼光？」女孩突然犀利回問。我被反將一軍，但這也沒什麼。

我笑了笑，「對啊。」如果有挑男人的眼光，我怎麼會穿梭一段又一段的感情中，愛為何總填不滿又掏不空？

看來活動結束後，我不只需要買醉，還要去錢櫃一趟，當一次小蔡健雅。

女孩一愣，老師一愣，全場一愣……怎麼了，為什麼要愣住？承認自己沒有挑男人的眼光，有什麼好令人驚訝的？人又不是完美的，人生總會有幾個缺點……可能我不只有幾個，但我一向樂意承認自己不夠好的地方。

因為過度保護自己的弱點，很容易變成弱者。

女孩繼續說：「我以為執行長會說，工作不會影響感情。」

「我當然不會這麼說，因為隨時隨地都能被影響的東西，就是感情。不過這和今天的創業主題沒有什麼關係。還有其他同學有問題嗎？」我怕再講下去，我那偏頗的感情觀就要影響台灣未來的結婚率了。

我不婚，但戀愛可。

回應我的又是一片安靜。我不期待老師救我，只能自救，拿起麥克風繼續說著，「weup 最近在擴編，需要新血加入，如果有興趣的同學，可以上我們公司網站投遞履歷。很歡迎即將要畢業的大四學生來公司實習，待遇和工作時間可以詳談。如果大家沒有問題，今天的活動就到這裡結束，謝謝大家。」

現場又響起一陣掌聲，我將麥克風還給老師，也想為自己的解脫歡呼。迅速收完東西，在老師的道謝聲中快步離去，我現在要做的事，就是衝進便利商店，暢飲一瓶啤酒！我有酒精飢渴症。

一路上和剛聽完演講的同學們點頭道再見。幾個有禮貌的學生從我身旁經過時，說了些諸如「謝謝執行長」、「執行長講的好棒」、「執行長好漂亮喔」之類的話，讓我覺得台灣未來還有救。

話。

但走到停車場時，卻看到先前發問的女同學和另一個女孩走在前方，正在講我的壞

發問的女同學說：「妳不覺得那個執行長有點自以為是嗎？」

「會嗎？我覺得她講話很實在啊，而且長的滿正的。」她的女伴回應。

「還好吧！因為化妝的關係，人很難醜好不好，不然妳看她卸完妝後還能不能看！」

發問女同學一臉不屑。

ＯＫ，我明白年輕的確就是本錢，但我雖然長年受酒精「滋養」，皮膚卻也不算太差，不然來卸妝看看啊，要不要上「康熙」去比賽？啊，那節目好像停播了。

「可是我覺得執行長給人的感覺滿好的，而且我想去 weup 應徵看看，如果可以轉正，畢業後就不用煩惱找工作了。」她的朋友笑著說。

「我才不要去咧，那麼小的公司，待遇一定很普通，又沒有什麼升遷管道。我想去大公司工作，我哥也贊成。」

她這句評語讓我有點不滿，真想走過去拍拍她的肩膀，告訴對方，我助理一個月的薪水可不算少，各種津貼補助通通有！

「其實妳根本不用工作，畢業後等著當貴婦就好，妳男朋友這麼有錢！」她的同伴打

趣地說。

女同學笑得一臉幸福，「他又沒有說要娶我，而且，我也想要有自己的工作啊！」

「每天包接包送，還拖著不娶妳嗎？」對方追問。

「他要娶我，我就得嫁嗎？」女同學假裝生氣地嘟著嘴，和朋友打打鬧鬧起來。

嗯……誰能來告訴她，她的臉色看起來有多麼渴嫁嗎？

我一時聽得入迷，不小心按了一下汽車鎖，「逼逼」兩聲，兩個女孩立刻扭頭看過來，發現身後站著的正是她們說壞話的對象。小女孩的經驗還是不夠老道，臉上立刻露出被抓包的模樣，而我可不是省油的燈，馬上拿起行動電話，貼在耳旁假裝通話，裝作眼前沒有那兩個人的存在，一臉表情嚴肅，「什麼，妳說那上萬件的貨趕不出來？」然後打開車門上車。

當車子駛離兩個女孩身旁時，我看見她們鬆了一口氣的表情。我安撫了她們的罪惡感，今天算做了一件好事。我想，我不只可以喝一瓶啤酒，還可以直接開瓶威士忌犒賞自己！

生氣？人生這麼長，誰沒有講過幾次別人的壞話？我就每天都在講我媽的壞話，所以完全不想責怪那兩個女孩。但我講媽的壞話，絕不會躲在私底下進行，一定光明正大講給她聽。

不過我媽從來不會因此覺得自己有什麼不好。她跟我一樣。當她女兒唯一還不錯的地方，就是她將這種自以為是的基因，百分之百遺傳了給我。

我最常對媽說的一句話就是「妳真不配當一個母親」，而她最常回應我的則是「對啊，幸虧我無能，不然你們怎麼能像今天這麼獨立」！她就是合理化大王，萬事都能合她的理，跟老天爺一樣我行我素。

人生中最不想接來電的前三名：丁秋祝、前男友和銀行貸款。我媽丁秋祝小姐絕對是第一名。一聽到她的聲音，我就覺得火，想握緊拳頭……

突然，茉莉的來電把我拉回思緒，打斷了因為一直想到我媽，而越來越生氣的情緒。

「我們的執行長演講順利嗎？」因為手機連了汽車藍芽，茉莉的聲音透過汽車音響在車內迴盪，語氣像是在看好戲，聲音聽起來有點討厭。看來，第四名只好頒給茉莉了。

「順利啊，順手呼了兩個學生巴掌。」

「妳瘋了！」茉莉驚呼。

「妳才瘋了。」我亂講的，但這樣講她也相信，她才是真的瘋了。

茉莉意會過來，車內頓時充滿她討人厭的笑聲。

我真想掛她電話！「我快到公司了，先這樣。」沒給茉莉時間緩衝，我伸出拇指一按，車內頓時安靜無聲，耳朵清淨多了。

到了公司大樓外下車，就看到旁邊湯湯的車頂上散落著鐵鏽屑。抬頭看看這棟外表斑駁的「銀河大樓」，雖然只是一幢獨棟四層樓的老舊建築，但我一直覺得它就像是科幻片中外星人開的飛行船，因為不小心撞擊地球，只好幻化成房子來掩飾，總有一天會再開走一樣。

因為我想破頭也想不出原因，到底誰會在距離社區幾公里外單獨蓋這棟房子？想去一趟最近的便利商店，要走路嫌太遠，要開車又有點誇張。它座落在大馬路尾，附近只有一盞路燈，超沒有經濟效益。

「小熒，妳昨晚又喝到掛，現在才來上班啊？」阿紫奶奶的聲音從我身後響起。

雖然嚇了一跳，但被她嚇久了，我已經能一秒處變不驚。緩緩回頭看著一身紫的她，手裡還拿了把紫色扇子在那裡搧啊搧。這是阿紫奶奶的標誌，她熱愛紫色。我對顏色是沒有什麼感覺，但對藝術總監湯湯來說，她總是無法直視阿紫奶奶太久，會生出種暈眩感。

「沒有好嘛？我這幾天都沒有出去喝酒。」因為那場演講，我覺得自己幾乎處於出家狀態，連男色都不碰。這不是我啊！

一定是工作讓我迷失了自己。

「怎麼可能！」阿紫奶奶又搧啊搧，笑得跟茉莉一樣討厭，滿臉不相信地看著我。

我無所謂。「不相信就算啦。」轉身想走開時，突然想起什麼，回頭看著房東阿紫奶奶問：「上次妳不是說要找人來換掉那些生鏽的鐵窗？妳看，車頂上面都是屑屑。」

這下換阿紫奶奶一臉無所謂，「有什麼關係，妳開車的時候它就會自己飛走啦！」她一臉深情款款地抬頭，看著被微風吹落的鐵屑說：「不覺得它這樣緩緩地飄落下來，感覺很浪漫嗎？」

我在阿紫奶奶身後翻了個白眼，還不忘貼心叮嚀她，「阿紫奶奶，嘴巴閉起來，鐵屑都飛進嘴裡去了。」然後轉身上樓。

雖然建築物很老舊，雖然房東很奇怪，雖然有時候會有很多不方便，但我真心喜歡這個地方，因為這裡是weup的出生地，是我和茉莉、湯湯共同創業革命的地方。

比起我剛搬入的大坪數公寓，這裡更像是我的家。

一進辦公室，我的助理小妃就一臉焦急地跑過來。

我先發制人，「不要擔心，不要急，妳一件一件事情說。」

小妃鬆了一口氣，說了幾件必須優先處理的事。也不外乎就是發生客訴、通路補貨有問題、工廠打來說趕不出來……等我一件一件處理完之後，小妃這才露出了笑容。「丁姊，妳好強喔。」

我笑了笑，想告訴她，幾年後妳也會和我一樣強，生活都會讓人越來越堅強。

但我沒有。我不想妄斷別人的未來，因為她有可能比我更強。所有發生在生命裡的每一個意義，都是個人解讀和賦予的，我不應該先入為主告訴她任何事。我的經歷是我的經歷，不是任何人的。

就算她和我經歷過相同的事，也不必和我一樣走到這裡，她可以走到她想去的地方。

「忙完就下班吧。」我對著小妃說。Weup 不需要員工裝忙，該忙的忙完就可以回家。抬頭望了一圈辦公室，除了我和小妃，大家都不見了，茉莉和湯湯知道我回來會發脾氣，早點閃人算她們聰明。

小妃幫她們解釋，「湯姊去看布樣，茉莉姊去銀行，糖糖晚上有課，提早下班，阿泰送東西去工廠。」

我們三人的助理，簡稱「泰妃糖」，曾一度想問他們要不要出道，當少女時代第二，但阿泰不肯。

阿泰是湯湯的助理，非常高壯，但心靈手巧，是服裝設計系的學生。當他一個大男人要來應徵內衣設計助理時，湯湯問他，「你會不會怕別人用異樣眼光看你？」

阿泰回答，「雖然內衣是女人穿的，但有不少時候是男人在脫，既然是男人女人都會用到生活用品，有什麼好怕的。」

因為這句話，我馬上錄取阿泰。多實在的孩子，值得調高薪水！

糖糖則是茉莉去加油站加油時，多聊了幾句，得知她是夜間部的學生，必須白天打工賺學費，茉莉想起了過去的自己，便問她要不要來公司面試看看。我面試她，只跟她玩了背九九乘法表的遊戲，連續十分鐘分不出輸贏，瞧，多適合當財務助理！

後來才知道糖糖根本就是 office 達人，沒有能難倒她的表格和試算表，吃飯聊天時問她，為什麼不去考證照？她笑得很堅強，「因為打工的錢都拿去繳房租和生活費，沒錢了，現在連學費都只能貸款。」

多麼乖巧的小孩，公司不幫她出錢怎麼說的過去？所以現在糖糖身上已經有了八張證照。茉莉覺得以糖糖的條件，應徵大公司可能會上，要她去試試，但糖糖卻堅持要跟 weup 同生共死。

那也只能幫她加薪了！

小妃則是所有應徵的助理裡，最害羞的也最容易緊張的。事實上以她的個性，非常不適合當業務助理，但我問小妃為什麼應徵這個工作時，她發著抖對我說：「我想改變。」我二話不說錄取了她。有這樣的勇氣，沒有道理不給她一個機會。

雖然到職半年，小妃出了不少錯，但她非常認真，也漸入佳境。一開始只能跟客戶或廠商，用比小鳥叫還小聲的音量對話，到現在可以大聲說出「不行」、「不可以」、「不能這樣的」、「丁姊會生氣的」這幾句話，這麼大的進步，怎麼可以不幫她加薪？

當所有助理都加薪了，我們也只好更認真工作。

而太認真工作的下場，就是連喝杯酒都沒有時間。看著需要處理的待辦事項，那麼長一串，我頭好痛，好需要酒！

然後酒就出現在我的面前，是一杯威士忌。我抬頭一看，準備要下班的小妃正笑著對我說：「沒有加水。」

我一臉感激，「下個月多一天假。」

「謝謝丁姊，但是我不想休假，我比較喜歡上班。」小妃甜笑。

我只能在心裡苦笑。傻孩子，等妳到了我這個年紀，每天都不想上班好嗎？

小妃拿了包包，指著桌上的待辦事項紙條，貼心地說：「丁姊，我上面有標示需要完成的時間，妳不用急著全處理完，累了可以早點回家休息。那我先下班囉！」

「謝謝。」多好，我現在最想聽見的六個字就是：早點回家休息。

但人總是被身分壓死，看著桌上名牌寫著「執行長」三個字，我無法再像過去那麼逍遙，一下班就泡在酒裡，聞著酒香，每天快快樂樂地茫著！現在不一樣了，公司的營運上了軌道，我們三人、助理、工廠的阿姨……有多少人靠著我們的訂單在生活。

我清醒的時間越來越多，有夠痛苦！

如果這是湯湯和茉莉要讓我戒酒的策略，只能說非常成功，我忙到快要忘了酒的滋味。但幸好我還有小妃，讓我能喝著一杯威士忌，配著待辦清單，忙到了天黑，然後一項不漏的全處理完畢。

雖然真的很想早點回家休息，但明天又會有明天要處理的待辦事項。生活就是有處理不完的事，不抓緊時間，時間就會在手中溜去。我不喜歡讓自己被瑣事搞得很狼狽，湯湯說過，「妳就是不想輸給生活。」

因為是我在過生活，又不是生活在過我。或許面對生活，我的自尊心比別人強吧！但我何止不想輸給生活，還不想輸給很多事，不想輸給命運，所以相信自己比老天爺多；不想輸給選擇，就算做錯了決定，我也從不會後悔；不想輸給自己，所以總想要做的比現在更多……

然後又最愛四處嚷嚷好辛苦，唉唉叫著想休息。

我得了一種叫「不努力會死，但努力了會更想死」的病，這種病不只我有，很多人都有。知道我不是一個人，我也就安心了。

把最後一口酒喝完，整理好桌面，再打掃一下辦公室後才離開公司，畢竟我是個愛喝酒也愛乾淨的女人。

在一樓經營咖啡店的培秀姊，剛好也在準備打烊。

「培秀姊，妳今天比較早打烊耶。」

培秀姊笑了笑，「是妳今天比較晚。」我看了一下手錶，才發現已經晚上九點。

「真的耶，這時候我怎麼會在公司？我應該是在家裡打扮，準備要去喝酒才對啊！」這不是我啊！我怎麼會變得這麼熱愛工作，而不是熱愛酒？今天是美好的星期五夜晚，難道我不應該端著酒杯，陪人客搖來搖去……

好想唱歌！好想喝酒！但我沒有力氣再次嚷嚷。

「等我一下。」培秀姊放下搬到一半的盆栽，衝進店裡。我伸手幫她，把盆栽搬進店裡。她遞了杯咖啡給我，親切地對我說：「我看妳車子還在，就幫妳泡了杯愛爾蘭咖啡，本來想等打烊後拿上去給妳。」

「謝謝培秀姊，妳是天使。」培秀姊對我來說，就是個神祕的天使，她脾氣超好，咖啡店裡的客人因為阿紫奶奶聯誼所和附近社區住戶的緣故，大多都有點年紀，或是婆婆媽媽、又吵又鬧，但我沒見培秀姊生氣過。她對我們都很照顧，可是除了她叫培秀之外，其他的我什麼都不知道。

培秀姊不說，我們也有默契地不問。

有時候不說，是因為痛到說不出來；有時候不說，是因為習慣，麻痺到沒有什麼好說。

湯湯是第一種，我是第二種，我不和道培秀姊是哪一種，但不管是哪一種，都是心裡有痛，而我希望她好好的。

「回家再喝，酒我有加厚。」培秀姊叮嚀著。

我笑了笑，喝了一口，「別擔心，我已經叫計程車了，因為剛才在樓上也喝了一杯。」

正好外頭傳來喇叭聲，計程車來了。我向培秀姊道了再見，跑出咖啡店，坐上了車，告訴司機地址後，望向窗外街景。以前半夜喝完酒，獨自搭車回家的那段路上，感覺最空虛，現在也是一樣的感覺。

到底是什麼突然掏空了自己？我不知道。

手機鈴聲響起，如果是酒友打來，我會立刻說好，向司機要求轉向，我要去那座燈紅酒綠的天堂。可惜不是。酒友就是約喝酒只能拒絕三次的朋友，這段時間因為工作而失約了好幾次，他們當我不愛出來玩了，自然就沒有人想約我了。

每個圈子都有它的淘汰法則。

螢幕顯示的來電對象，是彪哥，被我媽拋棄的前男友。

「我很累，沒有力氣安慰你。」我實話實說。

「那妳隨便跟我講講話唄！」彪哥落寞地說著。

彪哥分手至今，還是很愛我媽。雖然我從未覺得媽有什麼值得被愛的地方，但愛情就是這麼荒唐。只是老找前女友的女兒訴苦，也是滿荒唐的啊！

「今天天氣很好。」

「我好想她。」彪哥說。

我左耳進右耳出。「我今天只喝了杯威士忌。」

「不知道她過得好不好？」

我白眼。「我現在要回家了。」我說。

「我跟小娜真的沒有機會了嗎？」

又來了，我要爆炸了！我媽不知道從哪時起覺得中文名字俗氣，硬是取了英文名字Anna，後來還跟人家說她叫丁娜，說這名字比較襯她。

我只聽過襯衫、襯裙，還有趁人之危，但就是沒有襯她。

「娜什麼娜！她叫丁秋祝。想她有個屁用，她已經不愛你了，她跟美國男朋友過得可好了。你不是有她臉書？人家遊山玩水吃喝玩樂，就你這傻子還在擔心她過得好不好，先擔心你自己吧！高血壓藥吃了沒有？膝蓋有沒有去做復健？還有，我講過幾百次了，你們這輩子永遠都沒有機會了，ＯＫ？」我越說越大聲。

吼完，從後照鏡看到司機的表情慌張，緊握方向盤的手指關節泛白，看來我待會下車時可能需要多付一筆收驚費。我很抱歉，但只要一說到我媽，我的理智線就會像廟會慶祝時的大龍炮被點燃一樣。

電話那頭一陣靜默，彪哥又陷入他自己的沉思中，又過五秒，他再度打起精神說：「好，我知道了，我會努力忘記小娜。」

「是丁秋祝。」我強調。

但強調沒有用，彪哥這失戀症狀，以前是每天一次，現在是一星期一次。想說時間拉長，症狀可以緩解，結果就這樣停在一星期一次的頻率上，每個星期我總是要吼上他一次。但我必須聲明，平常我脾氣沒有這麼差的。

都是他們害我的！

彪哥是公務人員退休，標準傳統家庭爸爸形象，脾氣很好，個性很好，太太在生下女兒後沒有多久就生病過世。一開始他的重心都在兒女身上，等到小孩大一點，想要有自己的感情生活時，女兒卻不肯，怕爸爸被搶走，就這樣生生放棄了幾次機會，單身了二十幾年。直到去年初遇見我媽，被我媽的甜言蜜語給拐了、被我媽假裝出來的溫柔賢慧給騙了，從此萬劫不復。

和我媽談了三個月戀愛後，她便甩了彪哥，說他的年紀大她太多，她不想老了以後先送心愛的人離開。

我差點沒笑死在她面前。

對，談戀愛的時候，說年紀大的人比較有安全感，現在不談了，就嫌人家年紀大。她年紀就很小嗎？五十八了還當自己十八！反正不愛了，我媽就是一本活生生的《分手理由大全》。

或許是同情這些被我媽騙過的男人，在他們和我媽分手後，還願意聯絡我的，就成我朋友。

彪哥後來成了我的忘年好友，每次見我工作上要是衝得太快，他會適當提點我，還指點我怎麼和政府機關打交道、哪些流程怎麼跑比較順。他熱愛重機但又不敢讓兒女知道，買了車不知道放在哪裡，我二話不說租下我家樓下的停車格，讓他盡量放。沒車友約騎車，我就是那個擦了八層防晒乳，陪他騎上山的車友。

人生裡的任何一種感情，要走長遠，靠的是義氣。

我媽沒有義氣，所以她的男人一個換過一個。

「妳別這麼討厭妳媽嘛！」彪哥在電話那頭嘆了氣。

「我偏要。」我說。

當媽媽的不愛自己的孩子，為什麼要孩子不能討厭媽媽？大家都是人啊，不能因為我媽生我，我就得要無條件愛她，無腦地認為所有的母親都像月亮一樣，照亮我家門窗，還會發出愛的光芒。

沒有這回事。我只愛，愛我並值得我愛的人。

我愛彪哥，不愛我媽；我愛銀河大樓裡的每個人，不愛我媽；我可以連公寓警衛都愛，但真的無法愛我媽。

「你早點去休息，不是還在感冒？人有年紀了，要注意冷熱溫差，可以嗎？你女兒有沒有陪你去看醫生？」

「她上學忙。」彪哥說。

「少來，是你根本沒說吧？你們這些爸爸真的很奇怪耶，養兒育女費了大半輩子的時間，現在換讓她花兩個小時陪你去看醫生，有什麼不好啟齒的？你們就是這樣，所以兒女都覺得過好自己的生活就好，你把小孩都寵壞了！」我替彪哥不平，但更多的是不滿，不滿於我沒有來自於父親的體貼疼愛。

「反正也沒有多嚴重，我自己去醫院就好了，別讓小孩子擔心。」彪哥說。

說這話的人，前幾天曾打電話來找我，說他快要咳死了，吃哪種藥比較有效？我還請小妃幫忙買藥送到他府上去！老人家年紀大了，什麼事都忘得特別快，尤其是我做過的事。

不想再講了，不想對彪哥發第二次脾氣。

「隨便你。」我做了 ending。

彪哥發覺我的不悅，在電話那頭乾笑，趕緊轉移話題。「對了！機場捷運通車了嗎？」

「通了，幹嘛？」我問。

「我兒子明天回台灣，想說去接接他。」

「你是說你那個去新加坡公司實習五年，一年講不到三次電話，見不到一次面，但很聰明又會賺錢的好棒棒兒子？」我立刻想到去年大過年的，他兒子說忙，不回來，而女兒卻說想哥哥，便跑去新加坡玩，留下彪哥一個孤單老人在台灣，讓我撿他回家吃年夜飯的事。

「對啊，他回台灣要跟朋友一起開公司。」

「你確定他認得出你嗎？」

「小熒啊，我兒子沒有那麼壞啦！他真的很優秀，就只是忙。」

「喔。」再次 ending。

計程司機轉頭過來，對我說：「小姐，一百五。」我才發現已經到家了。快速給錢下車後，本想掛掉電話，但終究忍不下心，想到彪哥一個老人家要去坐不熟悉的機捷，大熱天得走一段路再去轉公車，就無法當作不知道。

「明天我送你去機場。」

彪哥急忙說：「不用啦，妳這麼忙！」

我翻了白眼，又在那邊……明明聲音聽起來很開心，卻要欲拒還迎。

「總不讓你兒子跟你一起推著行李搭機捷、轉公車，再一路走回家吧？」

彪哥沒有再拒絕，因為他知道這段路確實很麻煩。

他是為了不讓兒子辛苦，而我是為了不想讓他辛苦，但最後最辛苦的人，就會變成我。不能抱怨，因為很多人都跟我一樣。

反正人生時常都不是為了自己辛苦，而是為了別人。

約好時間，掛了電話，我像打了一場仗，身心俱疲。幸好明天是假日，決定一進門先喝個兩杯再說。

結果電梯門一打開，就見我家門口站了兩個男人。

才想裝作沒看到，關上電梯門下樓，直接去飯店睡一晚時，蹲在門口一臉落魄，穿著白襯衫、捲起袖口，歪著領帶，戴著眼鏡的葉世豪卻一眼看到了我，而另一個穿著頹廢風T恤和破口牛仔褲的鄭之龍，也看到了我。

他們朝我衝了過來！我差點沒有被嚇死，用力按著電梯關門鍵，希望電梯可以給力一點，快點關門。

但就在電梯門要關上的那一刻，鄭之龍的腳和葉世豪的公事包雙雙卡住了門縫，電梯門又打開了。

我瞪著他們兩個！

葉世豪抓著頭對我乾笑，鄭之龍則是挑著眉，一臉勝利的痞樣，「想要跑去哪啊？」

「去一個沒有你們的地方。」我冷冷地說著，然後推開他們，走出電梯。我一定要去跟管委會抱怨，電梯關門的速度太慢，應該要換一台。

「幹嘛這樣！」鄭之龍笑了笑，伸手摟住我的肩，「我們都好幾天沒見了。」

「我們到底有什麼好見的？」我光明正大地按了密碼鎖開門，頭都不回對他們說：「不用背下來，明天我就會改掉密碼。」當了三十年的兄妹，難道我這個妹妹會不懂哥哥們的心思。

鄭之龍跟在我身後大笑進門，「妹，妳真的好聰明！」

我回頭瞪著這兩個男人，「對，而且我還會算命。大哥，你又偷打麻將被大嫂發現了？」

大哥葉世豪一臉無辜地點點頭。

我這個同母異父的大哥是標準的妻奴，他不菸不酒，只喜歡跟同事打打麻將解壓。大嫂一天只給他兩百塊錢生活費，他就不吃不喝存生活費當遊樂費，但只要每次被大嫂抓包，就會被趕出來，最後只能投靠我。

我嘆氣，再看向二哥鄭之龍。「鄭之龍，我不是叫你別再和女朋友同居了？每次分手就要來我這裡避風頭，煩死了！」

同母又另一個異父的二哥，是夜店老闆。女朋友一個接一個換，好像跟丁秋祝小姐在比賽戀愛戰績一樣。

「我付妳房租嘛。」

「那我付你飯店錢啊，你去住飯店！」

「但這裡比較溫暖。」鄭之龍不要臉地說著，然後拉著大哥四處找吃的。他們把我家當成自己家一樣，一個直接脫掉襯衫，只穿著白色小背心煮泡麵，笑得像顆小太陽，「小熒，妳要吃嗎？我幫妳加蛋。」

「我不要。」

另一個直接脫掉牛仔褲，穿著四角內褲從冰箱裡拿出酒，抬著頭撥了下頭髮，帥氣地問我，「妹，要不要來一瓶？」

「我不要。我只要明天起床前，你們都離開我家就好，有沒有聽到？」

當然有，只是他們都假裝賴皮，裝沒有聽到。我是對牛彈琴，還是對著兩隻牛。無力地轉身進自己的房間，門板隔絕了外頭電視裡傳出的球賽轉播聲。

會這麼討厭我媽，真的不是沒有原因的。

人家常說，女人不該為難女人。

但我媽最愛為難的就是我。

如果我不是我媽的女兒，我會覺得丁秋祝是台灣女性的一個傳說。她前前後後結過六次婚，每段婚姻生活維持不到一年，就會離婚。十八歲先上車後補票，生下大哥後，不到半年離婚，帶著大哥離開；兩年後嫁給了二爸，生了二哥，也是半年就玩完，再帶著大哥和二哥走人。

別以為我媽帶著兩個小孩，日子會過得很苦。她這輩子從來沒有工作過，都靠男朋友和老公養活，而她也真的很幸運，交往的對象都非常有大愛，願意幫她養小孩……從這命格來看，我媽上輩子何止拯救地球，簡直是再造宇宙！

六年後，她生下了我，未婚生女。

我至今仍不知道生父是誰，每次問我媽，她都看心情回答問題。有時說我是從回收箱撿回來的，有時又說我是從河邊撿到的桃子裡跳出來的……直到上大學時，我仍懷疑自己的身世，覺得自己有可能不是我媽生的，甚至幻想我是偶像劇女主角，搞不好是哪個有錢人家的千金，父母正痴痴等待著我去相認。

大學打工存到的第一筆錢，別人都是拿去旅行、買摩托車，或做任何想做的事，我則是拿去做親子鑑定。想來都覺得好笑！而當結果出來，確定我真的我媽的女兒時，我整整難過了三天。那對有錢無緣的父母，我們來世再見！

我問大哥和二哥，對我爸有沒有印象？我爸一定也曾撫養過他們，就像後來我被三爸、四爸和五爸養過一樣。但大哥說沒有，那年他才十歲，二哥也說沒有印象，那年他才六歲。

沒有印象才是正常的。我媽消耗男人的速度這麼快，我對其他爸爸也幾乎沒有印象，每次快要記住這個爸爸是誰、叫什麼名字的時候，我媽就又換了新男友了。幸好我媽後來沒有再生下小孩，不然我一定會過勞死。

為了怕同學、老師難記，我對外一律宣稱，我是單親家庭出身。跟外人解釋那麼多幹什麼？他們真的在乎我的爸爸是誰嗎？

但無論我怎麼逼問我媽，她永遠不正面回答，我的生父究竟是誰。高中時，我曾經氣得離家出走，我媽也不曾來找我，最後是大哥連哄帶騙，說他想起我爸長得像劉德華。看在大哥這麼木訥的人，為了帶我回家，連這種鬼話都說得出來，他如此辛苦，我只好跟著他回家。

從那之後，我就不再問我媽這件事。她不會說就是不會說，就像我叫她不要一直換男朋友、不要一直結婚一樣，她不會聽就是不會聽。雖然她的每任男友，都對我和哥哥們很好，但我對這樣的媽媽感到好厭倦。

她的心都放在戀愛上。

是大哥牽我去上幼稚園，是二哥接我放學，是大哥幫我簽聯絡簿，是二哥幫我帶便當，是大哥請他當年的女朋友教我使用衛生棉，是二哥告訴我正確的性觀念，讓我不被壞男生欺負……

我媽還是在談戀愛。

到底有什麼好談的？

但等自己戀愛過了幾次後，才發現戀愛確實滿好談的，我明白我媽為何如此享受這其中的快樂和甜蜜。失戀了幾次，經歷了心碎和苦痛，我偶爾佩服我媽對愛的不屈不撓，她play 她不累也不怕，只曾看過她為愛掉過幾滴淚……

從不能諒解到可以理解，那是同為女人，我可以給她的體貼。

但我是她女兒，她對我有太多未盡的責任。她為我的人生留了一個「父親是誰」的大問號，她從未參與過我的成長，且因為她對感情的態度，讓我對婚姻產生了排斥和鄙視。在這種家庭模式下長大的我，沒有變壞，我還能不感謝我自己嗎？

當然也感謝那些撫養過我的爸爸們和叔叔們，還有我哥。

要不是念在過去的情分，這個兩個不懂事的哥哥，怎麼可能進得了我的家門，還能在客廳裡吃泡麵、喝啤酒、看球賽轉播……好吧，老實說，後來我選擇搬到這間大一點的公寓，不是因為公司賺錢，而是為了想要有一個家。

一個我們三兄妹都可以待的地方。

丁秋祝只跟她的男人生活，我和哥哥們經常各住各的，也習慣了。但後來大哥結婚了，常被大嫂趕出門；二哥太風流，老是躲女友，我看著他們縮在我那舊套房地板上睡覺的模樣，常覺得想哭。

很多人都有一個就算全世界你無處可去，還有一個能回、能待、能依靠的地方——它叫做家。但我和哥哥沒有，因為媽媽不曾給過我們。

所以當我經濟許可後，不忍再看到他們睡在一個連翻身都困難的窄地，便決定搬來這裡——有大客廳、大廚房，還有客房。事實上，我在家的時候，通常只會待在自己的房間，其他空間都是為了他們而準備。

希望他們如果在生活中感到挫敗時，不會覺得無依無靠。

可是我忘了男人不能寵，我哥就這樣被寵壞了！

這世上哪有客人在外頭看電視大吵大鬧，主人在房裡差點被吵死，只能塞耳塞的道理？

有，就是現在。

我嘆了口氣，起身下床，出了房間走到客廳去，吃光了他們的泡麵和爆米花，喝光他們的酒，看著他們跟瘋子一樣，進球就抱在一起大吼大叫，輸球就大罵髒話問候人家祖宗十八代，一個躺在沙發上挖鼻孔，一個幼稚地站在我面前放屁，然後兩個人笑得東倒西歪的樣子。

我面無表情，心裡只有一個念頭：這輩子，還能相信男人嗎？

我感到絕望，從酒櫃裡拿出了酒，獨自喝著，而他們則狂歡著。一個客廳，兩個世界……然後我睡了過去，不省人事。

一早被冷醒，腰痠背痛。我躺在客廳地板上，身上只蓋著大哥的襯衫。坐起身，簡直全身都要散了！映入眼簾的是鄭之龍睡在沙發上，蓋著從我房間裡拿出來的被子，大哥則睡在貴妃椅上，頭下還枕著從客房裡抱出來的枕頭。

他們就這樣對待唯一的妹妹！

我站起身，朝他們各踹了一腳，但兩人還是睡得很香，我只好再補個幾腳，才甘願地回房間去刷牙洗臉。想起等等要陪彪哥去接他兒子，又不甘願地洗了兩天沒洗的頭……

才剛洗好頭髮，就聽到門鈴聲響。

我非常納悶，會來我家的兩個人都在家裡了，這個時候會是誰來找我？

穿上浴袍，拿了浴巾包住了濕髮，出了房間朝玄關走去，結果一開門，竟是那個我差點就忘了還有他存在的男友！

「阿 Ben，你怎麼知道我住這裡？」我從不讓男友來家裡，因為我的戀愛只會有過程，不會有結果，所以從不讓任何一個情人在家裡留下他們的印記，否則要忘、要消除都是大工程。

和阿Ben在一起其實不到一個月，再扣掉準備演講的那段時間、忙翻了天的時間，還有和跟朋友吃飯聚餐的時間……我們只約過兩次會。他上次送我到家門口，說要上來坐坐，被我拒絕，雖然約好下次我去他家坐坐，但後來忙到忘記打電話給他，也就不了了之。

「我問警衛的。」他笑著回答。

我想殺警衛。

「我現在不太方便招呼你，你能不能先下樓去等我？」我說。

但他一臉「男友都來了，怎麼可以不讓我進去」的表情。我只好用手指比著包在頭上的毛巾和身上的浴袍。「我想先吹頭髮，換個衣服！」讓他明白我的為難。

可是阿Ben突然上前摟住了我的腰，煽情地在我耳邊說：「我可以幫妳吹頭髮……」然後聞著我的味道，「妳好香喔！」

我當然知道他想幹嘛，大家都不是小孩子了，但我家不適合。我伸手推開了他，「不用了，你先下去。」

他還想再說什麼的時候，鄭之龍突然走到我旁邊，一臉睡眼惺忪，只穿了條內褲，打了個呵欠，一把勾上我的肩，滿臉沒搞清楚狀況的樣子，對阿Ben說：「不訂報紙，不訂牛奶。」

阿Ben看著幾近赤裸的鄭之龍和剛洗完澡的我，表情像是誤會了什麼。

我正想要開口解釋，但阿Ben瞬間變了臉色。我想如果不是比他高了一顆頭的鄭之龍站在我旁邊，他可能下一秒就會呼我巴掌！但他不敢動手，只能對我狠狠罵了一句，「幹，臭婊子不要臉！」

我想解釋的心情頓時消失了。

鄭之龍一聽到我被罵，立刻衝動地想要伸手揍對方。我急忙拉住了二哥的手，這傢伙真的是搞不清楚狀況，他有什麼資格打人家！還不都是因為他，害我被人誤會……不過如果換我是他，可能也會出現相同狀況啊！

阿Ben在我面前吐了口口水後，轉身離開。他一走，我馬上踩了鄭之龍的腳趾頭，他痛得哇哇叫。

我懶得理他，回頭就看大哥躲在沙發後，眼鏡顯然是匆忙戴上的，有夠歪。他一臉焦急地問：「怎樣？怎樣？是妳大嫂來了嗎？」看他嚇成那樣，更像是紅衣小女孩來了。

「不是好嘛！」大嫂看不起我這連生父都不知道是誰的妹妹，怎麼可能會來我家？正確來說，她看不起所有大哥的家人——包括和他們同住的大爸——大嫂常最罵哥哥的一句話是「就因為你是這種家庭出身，所以才那麼沒用」！

而「這種家庭出身」的大哥，每個月把全數薪水都交給大嫂，只要大嫂決定的事，他總是無條件贊成。白天上班，晚上帶小孩，回家還要做家事，不許有社交，不准有應酬，不可以忤逆她……而大嫂卻每天和朋友喝下午茶，名牌包一個接一個買。

最近兩人吵得這麼凶，是因為大嫂一定要讓雙胞胎兒子去念貴族小學，學費是一般學校的十倍，大哥根本負擔不起。我看他八成是因為壓力太大，所以才會去找朋友打牌，然後被發現，又被趕出來。

確認不是大嫂打上我家，大哥這才鬆了口氣，又躺回沙發上想睡個回籠覺。鄭之龍摸著腳趾，邊走邊跳地進來，生氣地說：「我警告妳，丁熒，那個男人很爛，不准妳和他在一起！」

大哥連忙坐起身，看著我們問：「什麼男人？」

我大笑三聲，回頭瞪著鄭之龍。「這位大哥，你好意思說人家爛？你才爛好嗎？」我走到沙發旁拿起他的手機。我知道他的螢幕密碼，一滑開，就有十幾通未接來電的訊息，我念著來電名單，「艾咪、依娃、美美、小夢、星星、安琪……你以為你是皇帝啊！」我把手機丟到他身上，他趕緊伸手撈住。

大哥繼續望著我們，好奇地追問，「是什麼男人？」但我們忙著吵架，哪有空理他。

「是她們打給我，又不是我打給她們。而且我們只是朋友而已好嗎？」鄭之龍澄清。

大哥還抓著他問：「你剛說的到底是什麼男人？」

還是沒有人理他。

我不服氣地回嘴，「對啦，全世界的女人都你朋友啦！你馬上給我穿好衣服滾回你家。講過幾百次了，不要在我家脫光衣服晃來晃去！就算我是你妹，也是個女生好嗎？」

大哥急了，「到底是什麼男人啦？」夾在我們中間的他，跟空氣差不多。

鄭之龍一臉不認同。「妹妹就是妹妹，永遠都不可能是妹仔，而且妳不覺得我又練壯了嗎？」他開始展示他的各種肌肉，還直接湊到我面前，「妳看、妳看，我的二頭肌！」

我氣到拿起一旁的開瓶器，往他的那個什麼肌上戳下去。

再壯，還不是被我KO！

大哥邊忙著幫二哥呼呼，邊繼續問：「快點說，是什麼男人啦？」

我看他們兩個這副模樣，再次對男人感到絕望。

回到房間想要打電話給阿Ben，卻沒有撥出去。年紀越大，越是懶得解釋，光想要開口就已耗去了我大半的力氣。懂你的人自然會懂，願意懂你的人，自然也會給你時間和機會，但阿 Ben 卻連十秒鐘聽解釋的機會都沒有留給我。

在我掙扎之餘，先收到他傳來的訊息：別再找我，我沒有宗教信仰，對香爐沒有興趣。

我看著簡訊，氣不起來，因為不想花時間生他的氣。刪了簡訊，換了衣服吹乾頭髮。只約過兩次會的感情，結束也是不痛不癢，不知道從什麼時候開始，愛情對我而言可有可無。或許是越到後來，我越不認真去愛吧！

反正怎麼愛，都不會有結果。

整理好之後，打開房門，看著還坐在沙發上的兩位哥哥。電視開著，但他們各自神遊，我無奈地走到他們面前，對鄭之龍伸出手。

他驚訝地看了我一眼，「可以嗎？」可以幫他假裝是新歡，打給原配，讓她知難而退嗎？我們的默契，已經可以省略後面這幾句。

我點了點頭，他撥出電話後，開心又恭敬地把手機交到我手上。

我把手機湊到耳邊，電話接通，對方還沒有說話，我便開始說：「我是之龍的妹妹，他的存摺藏在那雙前年出的喬丹限量鞋裡面，存摺密碼是 56……」

話還沒有說完，鄭之龍已經氣得把手機搶過，又慌又忙地按掉通話鍵，對著我吼，「妳有沒有良心啊妳，出賣妳哥是怎樣？」

別看鄭之龍這痞樣，他開夜店賺了不少錢，還是個守財奴，存錢就是為了老了以後要去冰島定居。

哼，冰島才不要你這種負心漢。每次都要我說謊騙女友走人，這樣對嗎？

「該面對的就是要面對，每次都要我當壞人，你才沒有良心好嗎？」我冷冷地說：「不愛了，就直接跟對方說清楚，這是對愛情的尊重，你不要跟你媽一樣。」

「我媽就不是妳媽嗎？沒義氣！我的存摺不見，妳就死定了。」鄭之龍跟飛一樣地離開我家。

很好，解決了一個。我回頭看向大哥，他一臉畏縮地望著我，內心不知道上演了幾百齣內心戲，最後還是勉為其難地站起來，跟我一起出門。我們先搭計程車到公司，開了我的車，再送他回家。

「工作是不是很忙？」大哥問。

我點了點頭，「很忙，所以你和二哥別讓我操心。」

大哥嘆氣。我趁著停紅綠燈的時候，從包包裡拿了個信封給他，「給飛黃騰達的。」

對，我大嫂真的很想要兒子飛黃騰達，所以一知道是雙胞胎，便取好名字，一個叫葉飛黃，一個叫葉騰達。

「不用，妳留著花，少喝點酒，多吃點東西！」大哥把錢推還給我。我直接塞入他口袋，他又要還給我，我只得恐嚇他，「我在開車喔，我們這樣推來推去的很危險！」大哥只好不動。

「大哥，你是不是怕一不順大嫂的意，她就要會跟你鬧離婚？」我淡淡地問，卻明顯感覺大哥拿著信封的手抖了一下。

大哥很怕離婚。我們都怕步上媽媽的後塵，卻弄巧成拙。

大哥曾對我說過，只要他結婚，就不可能會離婚，即便大嫂讓他吃了很多苦頭，他還是咬牙撐著。幸福被壓在承諾和恐懼下面，他不在乎自己活得快不快樂，只在乎自己不能和媽媽一樣，把婚姻當兒戲。

二哥則是害怕給任何人承諾，因為他覺得自己會像媽媽一樣做不到。而我是在高中時就打定主意不結婚，每次戀愛前，我總是會先下好前提，「先說喔，我不結婚的！」念書時的男朋友覺得我想太多了，很好笑，而之後的男友們是覺得我這個人莫名奇妙。

「談戀愛不結婚，那幹麼談？」

「為了開心啊！不可以嗎？」

但年紀越大，好像越不可以這樣。愛被人們設了限、畫了圈，這個年紀的男男女女，多是為自己的將來打算，為了想要有一個家，為了一個可以陪自己走到最後的人而戀愛。但我可以為自己的未來打算，也能擁有自己的家，只是不相信這世界上誰真的能陪誰走到最後。

我想要的只是戀愛時當下的開心。

我成了異類，很多人把這樣的愛情觀，說成了是愛玩，甚至有一度我也懷疑自己是不是成了心中最討厭的丁秋祝？但當我疑惑甚至否定自我的時候，是大哥點醒了我。

四年前，我人生中最重要的那段感情結束，當我嚴重懷疑自己愛人的能力時，是大哥告訴我，「妳和媽媽不一樣。」他說這句話時的堅定，是我所未見的，所以我相信大哥，一直走到現在。

後來我逐漸明白，我和媽媽真的不一樣。在愛情裡，我比她客氣太多，我是別人感情裡的客人，而她永遠是主人。

多希望大哥也能當一次感情的主人。

「一直讓步不是最好的方法，你會累死的。」我對大哥說。

「我知道啊！但是吵架更累，更何況家裡還有飛黃、騰達。妳也知道佳華的脾氣，我一個人日子難過就算了，不想連我爸都遭殃。」

大爸原本當大樓管理員，自己一個人住，後來因為意外，行動比較不方便，大哥便接他回去同住。想當然這也是吵了好一陣子之後的結果。當時我告訴大哥，要他遊說大嫂，與大爸同住，家裡多一個人幫忙照看小孩，她可以有更多自己的時間，大嫂才答應。

晚年能和兒孫同住，大爸開心的不得了，要他看媳婦臉色也願意。

但每次看大嫂那副嘴臉，我就手好癢，手好想「貼」到她臉上……但只能忍住，帶著微笑忍住。再怎麼想為大哥出氣，只要一想到那怒氣會再回到大哥身上，我就不敢輕舉妄動。雖然也曾試圖想找人蓋她布袋，但做不到，因為我善良。

「有什麼需要，隨時跟我說一聲。」我能做的，也只有這樣。

大哥轉頭感激地看著我，「只要下次去妳家避難時，妳不要轟我出來就好。」

我苦笑，「多麼希望你不是來我家避難，而是開開心心帶著大爸和飛黃騰達來找我玩。」

大哥也苦笑，伸手摸了摸我的頭，「妳最乖。」

我點頭，我哥最幸運的就是有我這個妹妹。

「那男的，我也覺得不好。」他補充。

我笑了出來。應該是換衣服的時候，二哥跟他說了阿 Ben 的事。「分手了。」我說。

「分的好！在我心裡，沒有人配得上妳。」大哥就是大哥，全天下的女人，就是自己的妹妹最好。

至於二哥則是全天下的妹仔都好，就自己妹妹不好。

到大哥家門口停下，即使再怎麼不想看到大嫂，我也要為大哥做做面子。從後車廂拿了茉莉幫我訂的國外限量繪本──聽說是夢幻逸品，但我沒有小孩，沒有涉獵。茉莉有姪子，她說了算──再拿了幾瓶要給大爸的保健食品。進我大哥家門，只有一個原則：不能兩手空空。所以我進門後還能得到大嫂的一個微笑，但鄭之龍只會得到一記白眼，他到大哥家，從來只會帶著一個空肚子。

「小熒來啦！最近事業做得不錯喔，到處都看到妳們公司的廣告，賺很多吧？」大嫂熱情地招呼我。

「對啊！忙都忙死了，貨都出不完。」跟我大嫂這種勢利人說話，就是要誇張。我把繪本遞給了她，「這是我從國外訂來的，送給飛黃騰達。」

大嫂接過，大聲驚呼。「天啊，這多難訂啊！張董娘也訂不到，妳居然買到了，這麼怎好意思啊，妳人來就好啦。」

我才不敢。

收下書後，她瞪了站在我身後的大哥，又開始潑婦罵街，「知道要死回來了？再給我去打牌看看！你那一點薪水，要想讓孩子們上貴族學校，我多省吃儉用！結果你還有閒錢去打牌？」

我看著大嫂手上的名牌錶和名牌戒指，就連她身上穿的居家服，也要一套幾千塊……真看不出哪裡有「省吃儉用」四個字。想回嘴的話再次吞了回去，真是難以下嚥。

幸好大爸帶著飛黃騰達從房間出來，我才沒有當場反胃。

「姑姑！」兩個天使朝我跑來，我開心地擁他們入懷。無法太過苛責大哥的讓步，是因為明白這兩個孩子有多麼讓人融化，為了他們，真是什麼都可以忍。

「小熒，今天怎麼有空？」大爸笑吟吟地對我打招呼。

「今天假日啊！大爸，身體好點了沒？」

大爸還沒有回答，大嫂又開始壞嘴，「老人不都是這樣，哪有什麼好不好，反正不要更壞就好了，我可沒多餘的力氣去照顧一個人。」

天啊，我好想來個迴旋踢！此生最想做的三件事：一是知道我爸是誰，二是斷絕母女關係，三是把腳印印在我大嫂的臉上。

我疼惜地看了大爸一眼，他用眼神示意不用擔心。我只好深吸口氣，轉換心情，將手上的營養食品遞給大爸，「這些營養品，我朋友的媽媽吃過，說效果很不錯，如果大爸能吃習慣，隨時跟我說。」

大嫂一看到牌子，好像看到媽祖一樣，驚訝地說：「哇！小熒出手真大方，這一瓶這麼貴妳也買得下去。真難得，又不是自己親爸爸，需要這麼孝順嗎？」

「我一直把大爸當自己親爸爸看啊，難道大嫂不是嗎？」讓我反擊一下，拜託，不然我會抑鬱而終。

看到大嫂臉一陣青，我總算暢快了一點，接著從包包裡拿出另一個信封交到大爸手上。「大爸，我記得過幾天是你生日。沒時間帶你出去吃什麼好吃的，這是我的一點心意。」

「不用啦，都這把年紀了，還過什麼生日！」大爸推拒，但推不過我。

「收下吧！還是你不把我當女兒看？」

大爸馬上把錢塞進口袋裡。我滿意地點了點頭，「下次叫大哥帶你來我家玩。」

「一定。」大爸握著我的手，他的手又冰又抖。

我看了大哥一眼，示意他好好照顧大爸，他點頭。我各親了飛黃騰達一口後，準備離開，當然不忘再給大嫂一點甜頭。

「大嫂，也辛苦妳了！」我給了她一疊百貨公司的提貨卷。

她馬上笑開懷，「哎唷，妳真是……幹嘛這麼客氣啦！」

當然要這樣啊，不然怎麼能讓大嫂對我又愛又恨！看到大嫂如此心花怒放，確定大哥接下來幾天的日子會好過一點，我才走出大哥家。整個人像打了一仗，背都濕了。

上車後，我直奔彪哥家，到了門口，正要撥手機給他，抬頭就看見他站在大太陽底下，一臉殷切期盼。我把車開到他身邊去，按了聲喇叭，示意他上車。

彪哥坐上車，見他滿頭是汗，我趕緊把冷氣調小，再丟了紙巾給他，不是很高興地責備，「不是約好兩點半嗎？現在時間還沒有到，你那麼早下樓做什麼？那麼熱，都要中暑了。」

「我怕妳等。」彪哥說，臉上黏了一堆衛生紙屑。我沒打算提醒他，得要讓他兒子看看，老爸為了等他，在烈日下把自己弄得這麼狼狽。

「是怕你兒子等吧！」我就是誠實。

彪哥乾笑，然後指著身上的短袖襯衫和西裝褲問我，「穿這樣接兒子，會不會太正式？」

我看了他一眼說：「不會。倒是你的頭髮，是抹了整罐凡士林嗎？」上次看他把油頭梳得這麼整齊，是跟我媽去約會的時候。

「這樣比較有精神。」他說。

「你開心就好。」我笑了笑，朝機場的方向前進。

一路上，我都能感受到彪哥的緊張，我不懂為什麼。「你的手都要搓到破皮了，表情也好僵，哪裡不舒服嗎？」

彪哥越想要表現放鬆，看起來卻越是無措，「哪有不舒服，我很舒服。」

「少來了，不就是接兒子回家，不要那麼緊張，看得我肩膀也緊繃了。」我說。

彪哥繼續搓著手，像個小孩一樣，「很久沒見到他了，不知道第一句要說什麼，也不知道來接他，他會不會開心？沒有跟他說一聲，不和道他會不會介意？」

短短五秒，我白眼翻了五萬次，「有什麼好介意！拜託，要是我，得有多開心，老爸都快七十歲了，還願意舟車勞頓來接自己回家，我哭都來不及，還敢不開心？拜託你，老人家，不要想那麼多好嗎？」

彪哥被我這麼一念，才放鬆了些，繼續說著，「小時候他媽媽過世，我就把他們兄妹倆送到保姆那裡，為了工作，沒有時間陪他們。沒想到他們長大之後，和我就不親了。女兒偶爾還會跟我撒撒嬌，但兒子一直很獨立，也不曾跟我說過什麼，我們就是講沒兩句，就沒話說了。」

「反正他現在回台灣長住了，你們有的是機會可以相處。」我說。

彪哥笑了笑，「是啊！我前陣子還找人來把家裡重新粉刷，把他的房間整修了一下。他喜歡吃海鮮，我早上去市場買了很多菜，打算晚上吃海鮮火鍋。我有算妳的份，妳可別溜！」

「知道啦。」今天彪哥開心，他最大，他說了算。

到了機場後，因為距離航班抵達的時間還有半個多小時，我讓彪哥先下車進機場大廳，再去停車場把車停好。就在開進停車場時，看到角落的一台車正要駛出來，我便在一旁等待，沒想到等我要停進去時，卻和另一台搶車位的車輛發生擦撞。

我生氣下車，對方也下了車。還沒看到臉，我先破口大罵，「你瞎了嗎？沒有看到我已經在旁邊等很久了嗎？」

「熒熒？」

熟悉的聲音響起，我定睛一看，田松源站在我面前。我差點忘了怎麼呼吸，一向沒有什麼事可以難得倒我，但現在卻連最簡單的招呼都不會打。我可以自在面對任何一位前男友——除了他以外。

「好久不見。」他笑了，對我打招呼。

他像過去一樣溫暖又紳士地笑著，以前我是多麼愛他這樣的笑容，把我的心填得好滿、好滿，只是後來我卻讓他傷心了。交往前，我們說好了不結婚，於是像兩隻快樂的小鳥，在愛裡自在飛翔。他是第一個，讓我萌生了「或許和他結婚也很不錯」的想法的人。他似乎也察覺到了我的念頭，便突然向我提出求婚。我被他的愛所迷惑，無法拒絕他的笑容，下意識地答應了。

但當晚回家後，握著他給的求婚戒指，我對著廁所馬桶吐得亂七八糟。這才知道，我這輩子是嫁不出去了。「婚姻」兩個字的意義，在我的大腦裡，早已被我媽扭曲，變得殘破不堪。

這樣的我，無法跟任何一個人有幸福的婚姻。

隔天我帶著戒指還給他，貪心地希望，我們還可以像以前一樣，只要相愛就好，其他的都不用多想。但他不笑了，也笑不出來。我終究守護不了，也擁有不了他的笑容。我們分手了，聽說他去了國外，再也沒有任連絡。

我常常想起他，只是沒想到還會再碰到他。

「嗨！」我尷尬，像做錯事的小孩被抓包一樣。

「妳有沒有受傷？」他一如既往地溫暖。

我搖頭。剛剛我這樣大嗓門地嚷嚷，中氣十足，哪裡有什麼受傷！他看了我一眼後，檢查了我的車子，再看了看四周，發現原本該安裝在角落的路口反射鏡，沒了鏡子，只剩下一個空框，所以我們才有視線死角，沒有看到對方的車。

誰都沒有錯……我是擦撞指這件事。至於感情，另當別論。

「小擦撞而已，我請保險公司處理好了。」田松源說。

「不用了，我們各自處理吧！」我說。

分手後的這四年，我不是沒有後悔。也曾想過，如果真的結婚了，我會不會有什麼改變？但也只能想想而已。我總是會很快回到現實，就像現在這樣。看著田松源，我仍會心跳加速，但沒忘記自己只是一個拋棄過他的前女友。

不要有接觸最好，我早失去了對他把持不住的資格。

「確定嗎？」他問。

我點頭。他看著我，我也看著他。四年過去，他怎麼可以越來越帥？我卻覺得自己越來越老。時間帶走了我的稚氣，二哥常說，我內心住了一個年紀比彪哥還要大的「老靈魂」，這也就是為什麼我不肯叫他彪叔的原因。

我們內心年紀是差不多的。

我等田松源對我說聲再見，但他卻遲遲不說。他再繼續這樣看著我，我就要以為他也對我餘情未了，就要伸手牽他回家，讓他躺在我的床上……

幸好，他手機響了，而我清醒了。

「好，我現在過去。我到的時候，妳再走出來，外面很熱。」他溫柔地對著電話那頭說著。剛剛那些不要臉的念頭彷彿都打在了我的臉上，我的耳朵嗡嗡作響。也是，這麼好的男人，憑什麼對一個拋棄他的女人餘情未了。

我怎麼好意思以為自己的人生，會是一本童話書！

田松源掛掉電話後，抬頭看著我說：「我先走了。我的手機號碼一直沒有換，車子如果有需要處理的地方，隨時找我。」

「謝謝。」

見他轉身，我也轉身。這才是分手後，我們該走的路線。

突然，田松源從身後叫住了我，「熒熒！」

我回頭，看著他再次對我微笑，說：「真好，妳都沒變。」接著他上車，駛離前按下車窗，對我揮手道了再見。

我愣在原地，直到差點被其他車子撞死，才回神把車停好。深愛過的前男友後座力實在太強，在走去大廳的路上，我不停提醒自己：以後交往的時間絕不能超過兩年，這樣再見前男友時，才不會大量湧入回憶，壓在我的心頭，逼得我喘不過氣，甚至差點斷氣。

不要拿生命開玩笑，這是我的結論。

在入境大廳找到彪哥時，只見他一臉落寞地掛掉電話。我連忙把田松源這三個字、這個人先拋到一旁去——前男友只適合在夜深人靜配酒用。

打起精神走到彪哥身旁。「怎麼啦？」

彪哥苦笑，「不好意思，害妳白跑一趟了。」

「什麼意思？」我不懂。

「我兒子搭了另一班飛機提前到。我女兒剛把他接走了。」彪哥故意說得很輕鬆，但我聽在耳裡，卻覺得難過。

「你兒子昨天沒有事先告訴你？你女兒也不講一聲？」我更不懂了。

彪哥笑得苦澀，「不能怪他們，他們可能沒有想到我會來接機吧！」

我拍了拍彪哥的肩膀。家家都有道翻不過去的牆，我這個外人，沒有資格多說什麼。

「沒關係，我趕緊回家做海鮮火鍋給他們吃！」

我也點頭，「好，我們趕快回去。」

走沒有兩步，彪哥手機又響了，他接了起來，這次的表情不是落寞，而是受傷。彷彿好意還未展現，便被蹂躪到地上。

「……好，我知道了，沒關係，你們去吧！」

「又怎麼了？」我問。

「我女兒說，她男朋友要請我兒子去飯店吃飯，今天晚上不回家吃了。」彪哥一字一句，雲不淡也風不輕。

我勾上彪哥的手，「他們不回家吃就算了，走，我陪你回家拿海鮮，晚上在我家煮火鍋。我叫大哥和鄭之龍都來陪你吃！」

彪哥拍了拍我的手，「不用了啦，好好的假日，讓妳陪我這老人奔波。妳快跟男朋友出去玩，我還是在家裡等他們回來就好，反正回家總是會看到的。」彪哥笑著，笑得很言不由衷。

我眼睜睜地看著一個老父親，受了委屈，卻沒有任何立場說什麼。

開車回家的路上，我想起了我爸。他有沒有人照顧？他有沒有其他的小孩，也讓他這麼受委屈？他知不知道我的存在？如果知道，他有沒有想過要找我？

此時此刻，我才發現，我比自己想像的，還要想念那素未謀面的父親。

原以為沒有擁有過，就不會嘗盡思念折磨。

送彪哥到家後，本想陪他上樓等兒子。我知道等待一向漫長，但重點是，我本身也想好好看一下，這對沒把父親放眼裡的兄妹。必要時，我得要當個壞人。

其實當久了，也覺得自己很壞。

但沒有關係，如果好人就是要受盡委屈，那我還是個當個壞人好了。反正我相信在大家的心中，我的形象並不太好，但那又如何？我活著又不是為了成為其他人心目中的好人。

畢竟人總是貪心，很難被滿足，我為什麼要去滿足別人？

自己的人生，自己滿足，ＯＫ？

歸功於我媽的放養，讓我意識到一件事：養活和照顧自己，永遠都是自己的責任，誰都沒有義務為誰承擔和攬下。所以我告訴我媽，「妳沒有養過我，我以後也不會養妳，我們各自好自為之。」

我媽一臉無所謂，她丁秋祝何時需要兒女的豢養？即便她現在已近六十，仍有許多男人前撲後繼想為她掏出存款，告訴她提款卡密碼。

二哥常說，我比媽媽漂亮，但花男人錢這點遜色太多。謝謝二哥的恭維，我怕現在花的，下輩子和下下輩子要還，不想欠人家三生三世，所以當我要創業時，二哥說要贊助，馬上被我拒絕。

兄妹當這輩子就夠了，不想下輩子還要看到他。

他氣了我好幾天。一向是我酒倉的他，竟敢給我斷糧！但那也無所謂，我可以自己買，這就是為什麼女人要經濟獨立。

沒有酒喝，世界末日。

沒接到兒子，彪哥一臉世界末日，卻苦撐無事。「妳回去吧，我自己上去就可以了。」

「你確定？」我問。

彪哥點頭。就算他想要我陪，也不會選在這時候。他知道我有多麼為他感到不滿，害怕我陪他等到兒子後，會在家裡掀起一場戰爭。的確，他確實應該擔心，我可能會拿出冰箱裡的那堆海鮮，蓋那對兄妹火鍋。

還是算了，別讓彪哥為難。

「好吧，那我走囉！你先去睡一下吧。」

彪哥點頭，「小熒啊，今天謝謝妳陪我去機場，辛苦妳了。」

我笑了笑，「客氣什麼啦！」

彪哥繼續說：「那妳能不能告訴我，小娜在美國的電話啊？」

我臉一臭，眼睛一瞪。彪哥乾笑幾聲，「好啦，我開玩笑的。」

這玩笑話有一半是真的。我狠狠地說：「再讓我媽糟蹋你的話，我還是人嗎？」

我只想嘆氣，面前這位七十歲的大齡男子，在我眼裡跟十七歲差不多，到底是有多痴情？痴情男子漢根本不是玖壹壹，是彪哥。

「妳媽又沒有糟蹋我！」

還想為丁秋祝開脫？他都自己身難保了。「對，都是你糟蹋你自己，失戀的時候還哭到休克，大哥嚇到送你去急診，你真的是……」

「好啦，好啦，別念了啦！我上去了，妳開車小心，改天見。」彪哥跟逃難似地逃離我的眼前，看他這腳程，膝蓋的藥應該有在吃，狀態不錯，我放心了一點。

老人常有一個通病，就是不讓親生兒女知道自己生病，但他們什麼病痛都跟我說，最後再補上一句「妳別跟誰誰誰說，我不想要他們擔心」。所以他們就可以讓我擔心？這邏輯，我至今也弄不懂。

我才剛要踩下油門，二哥的電話來了。我還以為早上說出了他的祕密，他會跟我斷絕兄妹關係十八天，居然沒有。本想說最近可以不用被他騷擾……真是太可惜了！

我一接起，就聽他說，「妳來醫院一下。」語氣很沉重，從沒有聽過他這樣子說話。我有一種不好的預感，沒再多問什麼，用最快的速度趕到醫院。

醫院裡，那個叫 Maggie 的女孩正躺在病床上，臉色蒼白。我二哥坐在一旁，表情凝重。我走進急診室，站到他面前，用唇語問他，「發生什麼事了？」他看了我一眼，走了出去，我連忙跟上去。

他回頭對我說了一句，「她剛剛吃安眠藥自殺。」

我倒抽一口冷氣，腦子跑馬燈般閃過一連串我想罵的髒話，風流是吧？愛玩是吧？差點就玩出人命！但見鄭之龍好像也被嚇傻了一樣，我便一句話也罵不出來。

突然，一個女人不知道從哪裡衝了出來，直接呼了我二哥一巴掌，然後死命地扯著他的衣服，「你這個王八蛋，差點就把我女兒害死了，你知不知道？」Maggie 的媽媽哭得肝腸寸斷，我沒辦法阻止她發洩憤怒和傷心，只能擋在二哥面前，陪他挨打，而二哥又轉身護著我。

Maggie 的媽媽像瘋了一樣，不打二哥，直接揍我，「妳一定是那個小三！是妳破壞我女兒的感情！都是妳！」

急診室通道頓時上演一齣動作劇，旁邊的人都看得津津有味，直到護理人員出來制止——不是怕我們被打死，而是太吵了且太佔空間。Maggie 媽媽終於憤恨地停手，轉身回了病房，留下頭上像是打了聚光燈的我和二哥。我的頭髮被扯亂了，臉被打腫了，狼狽地坐在急診室外的長椅上，一旁是臉比我更腫、頭髮比我更亂的鄭之龍。我們沒有說話，因為沒有力氣。

Maggie 在我們氣喘吁吁之際，在醫生的同意下，被她媽媽帶回去了。她媽媽不忘狠瞪我和二哥。我看著嘴唇泛白的 Maggie，在心裡祝福她從今以後要更加堅強，為我哥這種負心漢自殺，比花兩百塊買杯珍奶還要不值。

我瞪了二哥一眼，「你到底是找我來幹嘛的？」陪他挨打嗎？

「不知道，就是覺得要妳在。」二哥起身拿走我手上的車鑰匙，我才發現他手冷的像冰一樣。

嘆了口氣，我把鑰匙拿回來，「我開就好，你現在不適合開車。」送他回店裡後，他像是情緒調整好了一樣，痞味再現，楚楚可憐地對我說：「給我密碼，我最近要住妳家，等我找到住的地方就搬走。」但我知道那不是調整好，他只是想要逃避。

不敢解決的，就只能逃。

「沒改啦！」我沒好氣地說。真的很想罵他，但知道罵也沒用，嘴疼而已。我沒忘記提醒他，「你最好想看看，到底要怎麼補償 Maggie。」但老實說，我也不知道要怎麼樣做，才能真的補償一個差點離開人世的靈魂。

愛一個人，愛到要去死的心情，到底是什麼？

二哥一愣，沒有回答我，直接走進店裡。

我正轉身要離開，阿 Ben 突然從一旁的日本料理店走了出來，抬頭看到了我，一臉不屑地喊了我一聲「香爐」。

他的朋友笑得好開心，好像每個人都擁有過一座香爐，知道香爐是什麼滋味一樣。阿 Ben 看起來喝得有點醉，我沒有打算跟他計較，但他卻沒打算放過我，抓著我的手不肯放。

今天不愛惜生命的人真多！

我用力地推開他，阿 Ben 撞上了我的車。下午擦撞造成的車頭刮痕，現變了成了凹痕。一樣都是遇到前男友，怎麼兩段心情差這麼多？

狼狽的阿 Ben 被一旁的朋友取笑，說他堂堂一個男人，竟然打不過女人。其實打不過女人的男人，真的不丟臉，最可恥的是因為朋友們的起鬨，而真的想要出手打女人的男人——阿 Ben 衝向了我！

我雖然不愛打架，但我打架從沒有輸過。像我這種家庭長大的女孩，怎麼可能沒有被欺負過。我知道打架的要訣，就是快、狠、準地攻擊對方的弱點，於是我腳一抬，往小阿 Ben 踢去，阿 Ben 痛得在那裡猛跳，又被笑得更慘。他惱羞成怒，伸手就要揍我！

但他忘了自己喝醉，巴掌只掃到我的髮絲，卻徹底點燃了我的怒火。我氣到往他的身上打去，巴掌和拳頭並用，本來氣勢凌人的他，只能用手護頭任憑我打。

「再叫一次啊！香爐是不是？對啊，我是啊！開心了嗎？再叫啊！再叫啊！」他被我直接推倒在地，「你是有供香嗎？憑什麼叫我香爐？誰准你用這種名詞來物化女人，你以為你是誰？」

我停不下手，就說了不要讓我發脾氣。阿 Ben 的朋友，在他斷氣之前把他拖走。我累得想直接躺在地上，但圍觀的人太多了，我只好拖著疲累的身子回到車上，開回家。然後澡也沒洗，直接躺在客廳的沙發上就睡著了。

我的一天，過得何止二十四小時，簡直是七十二小時。

醒來時，發現人竟睡在房間裡。應該是鄭之龍良心發現，把我拖回房間吧！起身想要下床，才發現昨天和田松源的車子擦撞時，急忙緊握方向盤的手，因為用力過猛，肩窩又痠又痛。照鏡子才發現，昨天被 Maggie 媽媽打的地方已經瘀青了。而我揍完阿 Ben 後，手肘像殘廢一樣，連刷牙的力氣都沒有。

好想過個平淡的人生。

可以一整天躺在床上，不用接電話，不收任何人的訊息，不用知道我媽到底還想要嫁給誰，是不是還有像彪哥一樣的受害者，不用管我大嫂是不是又要欺負我大哥，不用擔心我二哥又騙了誰的感情，不用管公司營業額有沒有達到，還是客人穿了我們的內衣，胸部有沒有下垂……

我嘆了口氣，會那麼早醒來，是因為某百貨公司的店長，需要我重傳駐櫃合約給她。

丁執行長沒有假日。

換好衣服走出房門，打開客房，見二哥睡得很熟。我幫他拉上窗簾，走到廚房，發現他居然做了早餐，還是我喜歡的培根三明治。他來住也是有好處的，我不下廚，但他和大哥卻都很會做飯。

我滿足地咬了一口，一旁有張紙條：少吃點，妳太重了，我都扛不起來！

把紙條揉掉，繼續大口地咬著三明治。叫我少吃點，還做這麼多個！我在身旁所有男人的身上學到一件事：男人才最愛口是心非。

開車到公司。培秀姊的咖啡店裡沒有什麼客人，婆婆媽媽假日都在家陪老公和小孩，沒有時間可以出來罵公婆和大姑小姑。我神清氣爽地走進咖啡店，和正在看書的培秀姊打了招呼後，上樓回到辦公室，準備處理工作。

突然，茉莉進來了。

「妳怎麼在這裡？」她問。

「來加班。」我說。

「這時間妳不是應該還在宿醉嗎？」茉莉說。

唉，我多想宿醉。

「你們怎麼都在？」湯湯的聲音從門口傳來。

我和茉莉異口同聲，「來加班。」

我們三人相視而笑……苦笑。重申一次，創業就是創傷。但幸好有她們，陪我一起吃苦。

我們各自在位置上奮鬥，湯湯突然起身喊了我的名字，示意我到中間的會議桌。我起身走過去，她把一整疊資料放到我面前，「這是我挑的幾間媒體行銷公司，有些設計作品我直接打叉，就沒給妳看了。妳要不要選幾間覺得不錯的，請他們來做簡報？」

我點了點頭，看起那疊資料。

半年前我們就在討論成立自家品牌網路購物的事，當時總覺得 weup 還沒有那麼成熟，目前以一般的百貨通路，和幾間大型網路購物商城配合就夠了。沒想到這半年來業績的成長速度，超乎了原本的想像。

於是在討論過後，我們決定建構一個 weup 的電商網站，能更即時性地分析及了解我們的消費者，做到最好的服務。

我希望在下一季新產品上市之前，可以完成網站。

用白話文說：就是很趕！

於是我快速地挑了幾間，把名單趕緊交給湯湯。她疑惑地看著我，「妳真的有認真看嗎？」

我笑了笑，「當然沒有。」

「我就知道。」湯湯沒好氣地瞪我。

「妳這麼小心謹慎過濾過一次的名單，基本上都有一定的實力，再來要靠的就是運氣。」合作是需要默契的，要遇到一個好的合作夥伴，跟中樂透差不多。

茉莉從一堆報表中抬頭，告訴湯湯，「湯，妳最好找那些丁熒沒有選上的公司合作，因為她的運氣不是太好，選她不要的就對了。」

「好。」湯湯一臉覺得茉莉說的非常有道理的樣子，拿回了我手上的資料，開始 mail 給那些沒被我挑上的公司。

我們就是這麼隨心所欲地經營公司！

正要回到自己位置時，阿紫奶奶從門口走了進來，手裡拿了張紙，叫住了我，「小熒啊，幫我印個幾張。」

我們三人同時抬頭，被阿紫奶奶那身紫色連身喇叭褲裝嚇傻。湯湯很不舒服地別過頭去，茉莉則一臉佩服地問：「阿紫奶奶，妳到底都在哪裡買到這些衣服的？」

阿紫奶奶一臉得意，「是不是很美？妳們也想去嗎？我們可以一起去，還可以叫她打折。」

「我不想去，我只想去放火。」我說。

阿紫奶奶冷哼了一聲，「妳就是沒眼光。」

「對啊。」是要我承認幾次才夠？笑著接過她手上的紙，看了一下才發現，這是聯誼社針對銀髮族舉辦的第二春交友活動。

「這種活動會有人會參加嗎？」我納悶。

「怎麼會沒有！妳不知道，現在六十歲以上單身的人，比年輕人還要多嗎？他們也有追求愛情的權利。身為紅娘，我當然要幫他們製造機會啊！妳要不要來參加？」阿紫奶奶問我。

「我才不要，我又不是銀髮族，更不是第二春好嗎？」

「妳就換個口味試試看嘛。反正跟妳年紀相仿的，妳不肯跟人家結婚，搞不好嫁老的還有機會白頭偕頭。」

「當然有機會，因為他們已經白頭了。阿紫奶奶，妳怎麼可以這麼偏心，湯湯還沒有跟阿澤在一起的時候，妳都幫她介紹有錢人，連茉莉的對象妳也都找年輕的，為什麼對我就這麼隨便？」我不服氣。

阿紫奶奶一臉像是我說了什麼傻話的樣子。「妳又沒有認真愛過誰，我幹嘛要認真介紹。」

「誰說我沒有認真愛過？幾年前，我也是差點要結婚的好嗎？」

我一說完，她們三個人立刻八卦地看著我，每個人的眼睛裡都有只有四個字：真的假的？

「真的！是我拒絕了。」我說。

阿紫奶奶率先鄙視我。「少來了，少用這招唬我。騙老人很不道德。」

茉莉接著附和，「真的，妳這種不單身毋寧死的人，最好會差點結婚。」

我唯一的希望只能放在湯湯身上，但她也讓我失望了。「我也不相信。」湯湯補了我最後一槍。

讓一切歸零在這聲巨響……我需要一支錢櫃的麥克風，唱出我所有的無奈和惆悵，但她們不想當我的聽眾，尤其是阿紫奶奶，「發什麼呆啊？快幫我影印啊！」

這是一種要受害人自己擦藥的概念。

我想，大概是我和田松源分手後，對愛情那種可有可無的態度，讓她們對我有所誤會。但我秉持一貫的原則，有什麼好解釋的？不解釋。

我默默走到影印機旁，問阿紫奶奶，「要黑白還是彩色？」

「有紫色嗎？」

「只有彩色。」

「那黑白吧。沒有紫色，我的人生沒有彩色。」阿紫奶奶說完，我白眼都不想翻了。

這難道不是彪哥人生七十的轉捩點？

瞄了一眼DM內容，腦子裡卻突然浮現彪哥的臉。

「我要報名！」我抬頭對阿紫奶奶說，嚇得喝水的茉莉差點嗆死，在縫樣本的湯湯手指幾乎被針刺穿。

阿紫奶奶抬頭看著我，「認真的？」

我用力點頭。

茉莉和湯湯出面阻止我，但我沒有理她們。正準備要填上彪哥的名字時，我抬頭問她們，「彪哥姓什麼啊？我忘了！」

她們倆沒好氣地瞪了我一眼。茉莉不高興地說：「最好我會知道妳媽的前男友姓什麼啦！」

湯湯也鬆了口氣，「原來是要幫彪哥報名。但他不是還忘不了妳媽嗎？」

「所以我才要救他。」我說。彪哥對丁秋祝的痴情事蹟，我的合夥人們都知道，當他失戀我又忙不過來的時候，還得派她們支援，去安慰和陪伴彪哥。

「誰啊？」阿紫奶奶一臉好奇。

「一個朋友。」我隨口回答。並不是不願意把我家的事告訴阿紫奶奶，而是當我講完可能已經下一個天亮。反正知道我的家事，對阿紫奶奶的人生並不會有什麼幫助，就沒有什麼好說的了。

「阿紫奶奶，妳手上有不錯的人選可以配對嗎？」我想直接挑，不能再讓彪哥受傷。

於是該認真加班的我們，全都來到了二樓的聯誼所，帶著當媽的心情，翻過一張又一張的照片，仔細地在為「兒子」挑個好「媳婦」。

「這個不好，看起來太強勢了，感覺會欺負彪哥。」茉莉把某位婆婆的照片放到一旁去。

「這位如何？看起來很有氣質。」湯湯遞了張穿著旗袍的高貴女士照片到我們面前，正覺得不錯時，茉莉念出她的資料，「結過三次婚……」

「不好！」

雖然不能把結過很多次婚的女人，都和我媽畫上等號，但我就是鄉愿，就是覺得不行。對方的條件必須要和彪哥相當才行。

這時，我竟成了那些來阿紫奶奶這裡，為兒女找好姻緣、對對方家世背景斤斤計較的勢利眼父母。人總是要站到了那樣的位置，才懂那個位置的心酸。在這裡對那些曾被我白眼過的爸媽們，致上最深的敬意。

突然在照片堆裡，我看到了一個長相秀氣的阿姨。伸手抽了出來，多看了幾眼，越看越順眼，再讀了她背面的自介：二十幾年前和丈夫離婚後，獨自帶大了小孩，後來兒子移民到了國外，她因為捨不得離開住了四十年的老家，選擇留在台灣生活，又為了不讓兒子擔心，想找個人當老伴。

她的名字是：嚴華。

這根本就是彪哥第二啊！

「就她了。」我說。

「為什麼？」阿紫奶奶問。

「名字好聽。」我說。

「拿別人終生幸福開玩笑，接下來三輩子都不會有好姻緣的。」阿紫奶奶告誡，但我丁熒剛好不怕。如果她說我會窮三輩子的話，我才會馬上嚇到哭。

湯湯和茉莉看了嚴華阿姨的照片和資料，馬上明白我的選擇，異口同聲地說：「我也贊成。」

於是我付了錢，幫彪哥辦了聯誼所的會員，要阿紫奶奶跟嚴華阿姨約個時間。安排好一切之後，我簡直想衝出銀河大樓，幫彪哥放串鞭砲，慶祝他即將逃出我媽的魔掌！

我抬頭對阿紫奶奶說：「如果彪哥跟嚴華阿姨有好結果，我在大樓外面辦流水席。」

阿紫奶奶看著彪哥和嚴華阿姨的資料，挑了挑眉，對我說：「這一對我很看好，妳先把錢準備好。」

「那有什麼問題！」我笑了，拉著湯湯和茉莉回公司繼續加班。我們就是這樣創業的。

湯湯擔心地問：「不先跟彪哥知會一聲，這樣好嗎？」

「跟他說了，他就不來了，繼續在那裡愛我媽，這樣好嗎？」我反問湯湯。

她馬上搖頭，「更不好。」

那就對了！

好像是真幫兒子娶到了好老婆一樣。那句老話說「總算放下心裡的大石」，原來是真的，我簡直像是心裡放下了一座山，舒暢的不得了！快速地完成了工作，揮別我的兩個合夥人。

好好的假日，真懶得再見到她們，即便我很愛她們。

我有很多朋友，我的通訊錄電話簿裡有五百多個連絡人，但發生困難時，我從來自己解決。覺得孤單時，我會打給茉莉亂聊，轉移我對寂寞的注意力，而湯湯是個很難用電話聊的人，所以我會直接去她家喝酒。幸好，她也是酒鬼。

回到家後，二哥已經出門去開店了。

我終於能夠擁有一個安靜的夜晚……想要好好的泡個澡，再開瓶紅酒配電影，準備面對新的一星期。

沒想到水才剛放，大哥又打電話來求救，要我再訂幾套送給飛黃騰達的繪本。我那親愛的大嫂四處炫耀，說她可以幫忙拿，而且還有折扣……我只能打給茉莉求救。結果，原本代購的店家已經下架，我們兩個搜尋了各家拍賣網站和代購，總算在兩個小時內達成使命。

我欠茉莉一頓飯！

和茉莉結束通話的時候，我覺得莫名其妙。明明是要幫大哥的人，最後成了被茉莉幫助的人；明明是該得到感謝的人，卻總是在感謝別人，然後，始作甬者的那個人，卻在家裡坐享其成，得到婆媽們的愛戴。

人生不公平的何止是身家背景。

浴缸裡的水冷了，我的心涼了，但手機又響了。

二哥打來問我，如果想去看 Maggie，要送什麼花比較好？我叫他 google，他硬是要我幫忙選，說他不懂女孩子。對，他只懂女孩子的身體構造！想到 Maggie 那張虛弱的面孔，又怕她媽看到二哥的送禮品味，會拿出菜刀。

畢竟鄭之龍是會在我生日時，送我電吉他音箱的人。

我問他，「送我這幹嘛？」

「因為我會用到。」

我的生日，差點變成他的忌日，

怕他性命不保，我只好上網幫他訂好花，連包裝都挑好。放下手機的那一刻，我只想唱一首：我最深愛的人，害我卻是最深！

害我又花了一個小時，還是沒洗澡。

為了愛地球，浴缸的水只好拿來沖馬桶、洗地板。我快速地完成淋浴，想說雖然不能泡澡，但看部電影這個願望不難實現吧！

正當我打開電視時，手機又響了。

看著螢幕顯示的美國來電號碼，我直接把手機調成靜音，看著它在桌上不停發亮。我媽和彪哥分手後，不到一個星期，就換了個美國華僑新男友，認識不到一個月就到美國愛相隨，近一年來，我沒有和她說上半句話。

丁秋祝是我看過最隨心所欲的媽媽，她的人生字典從第一頁到第八百頁，都只有七個字：只要我快樂就好。

任何人都有權利做自己想做的事，但不該把自己該負的責任，丟到別人身上。人不能只做自己喜歡的事。

看電影的心情沒有了，好想找個駭客在我媽的手機裡裝上，撥出我的手機號碼就會自動爆炸的程式。自私的媽媽，還妄想要得到小孩的愛？

作夢！

我把手機留在客廳，關掉電視，回到房間，吞了半顆安眠藥，配半杯威士忌。湯湯常說我這樣是在找死，但睡不著，滿腦子都是丁秋祝，更讓我想死。反正都是死，不如找一個爽快點的方式。

早上醒來，我在床上呆坐了半小時才真正清醒，這是安眠藥的後遺症。梳洗換衣服後打開房門，二哥的一隻手突然橫過來擋在我面前，嚇了我一跳。

「早餐。」手裡還拎著個紙袋。

「你難道不能用正常一點的方式拿給我嗎？」我奪下早餐，覺得需要收驚。

他沒理我。我繼續說：「花，十點半會送到家裡，記得簽收。」

「嗯。」

「你要自己去看她？」

「嗯。」

「記得帶些營養品。」

「嗯。」

「嗯什麼嗯，你便祕啊！」欠人罵。

「嗯。」他眼睛沒有離開過電視裡的女子團體熱舞ＭＶ。

我沒好氣地瞪著他，「你還有心情看周子瑜？」

「嗯，台灣之光耶，幹嘛不看。」他打了個哈欠，繼續看電視。

我懶得再理他，星期一已經夠憂鬱了，不能再因為他而更難過。我二話不說離開家，好想回頭投顆核彈……但我沒有核彈，只能作罷。

一到公司，才剛坐下，小妃便遞了一疊履歷表給我。「丁姊，這是妳上星期去演講後，寄到公司信箱的履歷表，有十幾封。」

我把整疊履歷表推回給小妃，「我明天整天會在公司裡，時間和面試流程，妳來安排。」

小妃一臉詫異，「全部都要面試嗎？」

我點頭。

「丁姊，不先看一下履歷表嗎？」

我搖頭。

兩張紙很難代表一個人，上次面試助理的經驗，已經狠狠告訴我，履歷表只是參考。就算面試到不錯的人選，隔天也有可能會反悔。一句「不來了」，就得全部重來。既然如此，我何必只給履歷表寫得好看的人機會？

湯湯、茉莉和我，都不是明星大學畢業，也沒有什麼家庭背景，真要寫履歷表，我們三個人的履歷怎樣寫都不及格。那履歷表到底能代表什麼？對我來說，不過就是一張聯絡資料。

只要有意願，大家就有相同的機會。

因為履歷表而錯失人才，是經營者的自大。小公司沒有資格自大，我們土法煉鋼，就算要花很多時間，我也願意。

小妃明白了我的意思，便回頭著手進行。

例會時，湯湯也說已和三家公司約好要來做簡報，時間會定在這幾天，要我們把時間也空出來。另外因為擴編增加的成本，需要挹注一些資金，茉莉也約了幾間銀行討論貸款的利率，也要我們把時間空出來。

三個人花了一個小時，把該空的時間全空出來，一整個星期的行事曆又滿了。我們對看了一眼，沒有時間嚷嚷，迅速回到位置上進行自己的工作。比起享受工作，我更享受和她們一起奮鬥的感覺。

我不用擔心產品開發和設計，湯湯會搞定；我也不用擔心錢和後援，有茉莉會處理。

我只需要負責找通路，想辦法把產品賣出去就好。

三人一起參與重大決定，各自在各自的領域裡努力，不會感到孤單，我想這是陪伴的真正意義吧！再怎麼辛苦，都不會拋下對方，這是相處的義氣。

在我專心看著假日櫃點傳來的業績表時，桌前突然多出一雙眼睛……我驚呼了一聲，幸好膀胱夠力，本人夠冷靜，不然我可能要換坐墊，而阿紫奶奶會被我狠狠揍一拳！

「阿紫奶奶，妳幹嘛啦？」我生氣地說。

「下午三點，妳不會忘了吧。」阿紫奶奶提醒我——彪華之約。

「我當然記得。倒是妳出場的方式，一定要這麼驚人嗎？不能平凡一點嗎？」

阿紫奶奶不服氣，「我從門口就開始叫妳，一直叫到妳面前，是妳不理我的。」

我抬頭看向阿紫奶奶身後的人，他們都站在阿紫奶奶那邊，朝我點了點頭……好吧，都是我的錯。

錯又怎樣！

我坐下想繼續看報表，但阿紫奶奶的一雙眼睛又湊了上來。我嚇得往後彈了一下，「就說不要這樣嚇人了！妳很奇怪耶。」

「妳才奇怪。都兩點半了，怎麼還不出門？」

我嚇得站起身，先看看牆面的大掛鐘，又看看電腦螢幕右下方的時間，再看看手上的錶，真的兩點半了。時間怎麼可以沒有經過我的允許，走得這麼快？

我迅速整理東西，拿了包包和車鑰匙就往樓下衝，回頭交代阿紫奶奶，「阿紫奶奶，麻煩妳先過去，我現在去接彪哥來。如果我遲到一點點，請妳幫彪哥說點好話。」

「知道了，這還要妳教嘛！」

一上車我便撥打彪哥的手機，但沒有人接。因為彪哥星期一不用去醫院複診，大多留在家裡整理花草，或一個人研究棋譜，所以我很理所當然的認定，他一定不會出門。

就在我覺得自己疏忽大意將搞砸一切時，彪哥來電了。我第一次這麼開心接到他的電話！「彪哥，你在哪裡？怎麼都不接電話？」

「剛上頂樓澆水。怎麼啦？」

「我快到你家了，你換件衣服出來。」

「去哪？」

「一個地方。」

「可是我兒子在。」

「你被他禁足？」

「沒有啊。」

「那我十分鐘後到你家門口。」我直接掛掉電話。對付彪哥就是要速戰速決，如果讓他知道，我要帶他去相親，他肯定會說一句「我怎麼能對不起妳媽」。彪哥不是老人，是古代人。

到了彪哥家門口停下，我著急地下車等他。眼看已經兩點五十了，彪哥終於姍姍來遲，穿得有夠隨便。我走向前，幫他理好襯衫的領子，再為他扣上釦子，又用手稍微幫他梳理一下頭髮，趕緊拉著他上車。關上車門時，總覺得有道視線在注視著我，忍不住回頭看，卻又沒有看到什麼人。

沒有多餘的時間去處理我的多疑，我快速回到車上，朝約定好的地點前進。路上不管彪哥問了什麼，我都不作回答。幸好會面地點距離彪哥家還算近，我們只遲到了一分鐘。

我帶著彪哥走進店裡。

「來這裡幹嘛？」彪哥好奇地問。

「喝杯咖啡啊！」我說。

「咖啡？來我家喝就好啦！剛好我兒子也在家，應該介紹你們認識一下的。」

有什麼好認識的！我在乎的只有彪哥的第二春。「下次吧！」

在店內角落看到了一抹紫色顯眼的身影，再看到阿紫奶奶身旁坐著的嚴華阿姨，哇！真人比相片更有氣質，她嘴角帶著笑意，看起來真是如沐春風。我拉著彪哥走了過去。

「到底幹什麼啊？」他在我耳旁問。

我沒理他，先坐到阿紫奶奶的對面，再示意彪哥坐到我旁邊。彪哥一臉納悶地坐下。

阿紫奶奶笑了笑，向他打招呼，「彪哥你好，恭喜你成為『紅娘聯誼所』的第七百三十一位客人。」說完，她還自己拍手。

尷尬！

「我沒參加啊。」彪哥很老實。

「是我幫你報名的。」我說。

果不其然，彪哥馬上在我耳旁小聲問：「這樣做，我怎麼對得起小娜？」

我轉頭瞪了他一下，也小聲地說：「再這樣下去，你怎麼對得起你自己！」

對前女友專情，只有四個字：浪費時間。

阿紫奶奶清了清喉嚨，拉回我們的注意力。「好了，那我們開始吧！這位是嚴華小姐。」

嚴華阿姨對著我和彪哥微笑點頭致意。我喜歡她的笑容，「阿姨好！」

她也開口回應我，「妳好。」

我也喜歡她的聲音。

彪哥很不自然地對嚴華阿姨打招呼，「妳好。」

嚴華阿姨笑得有點羞澀，看起來對彪哥印象應該還算可以，「你好，你們父女感情真好。」

「我不是他女兒。」我澄清。

「對，她不是我女兒，是我前女友的女兒。」彪哥也趕緊澄清，但很多餘，倒不如不要開口。我真需要一種可以毒啞老人十秒，但不會對人體產生危害的藥，看情況不對就餵給他吃一粒。

阿紫奶奶和嚴華阿姨都為之一愣。我悲觀地想，這場相親都還沒有開始，就要結束了……沒想到竟然沒有。

嚴華阿姨忽然笑出聲來，「你們好可愛啊。」

她稱讚我們這樣的關係「好可愛」？她是不是也不是正常人？

我和彪哥都是一愣。我轉頭看向彪哥，他竟然開始臉紅。這是不是表示我可以懷抱期待，第二春計畫是有可能成功的？

我趕緊開口，「謝謝阿姨！雖然彪哥和我媽分手，但那是因為我媽太沒有眼光。彪哥真的很好，請妳給他一個機會，而且我媽已經不在台灣，一定不會有所謂的『前女友魔咒』，請妳相信我。」

嚴華阿姨笑著點頭，「我相信妳。」

我看著她的表情，知道她說的是真心話，不是敷衍我，不由得朝她感激地微笑。

最後，我和阿紫奶奶先離開，留給他們獨處的時間。臨走前，我從窗外看進去，見到彪哥和嚴華阿姨聊得非常融洽……我有一種把兒子交到對的人手上的安心感。

阿紫奶奶在我旁邊說：「是不是覺得很羨慕？如果妳肯對感情認真一點，還是有機會的。要不要考慮來參加青年組的聯誼？」

「不要。」

因為有一種幸福是，你身旁的人幸福，你就會幸福。

在等待彪哥和嚴華阿姨認識交談的空檔，我和阿紫奶奶一起去吃了碗冰。她突然問我，「妳那天說，幾年前曾有想要結婚的對象，是真的嗎？」

「妳不是不相信，幹嘛還問？」

「我沒看過妳交過穩定的男朋友，當然會誤會啊！」阿紫奶奶說得好委屈，一臉「都是 they 的錯」。

我放下手上的湯匙，很認真地說：「阿紫奶奶，妳也是見過不少世面的人，怎麼會只相信表面上看到的事？我們都認識兩年了，難道妳也那麼不懂事？」

難得看阿紫奶奶詞窮，我心裡湧起了勝利感。

但阿紫奶奶卻轉移話題，想用另外一種方式贏過我。「我算了算時間，那男的應該是妳的真命天子，妳如果沒有嫁給他，這輩子就嫁不出去了。」

我一聽，開心地拍桌。「那剛好啊！我這輩子就是想要嫁不出去。」

「妳怎麼那沒有上進心？」阿紫奶奶一臉嫌棄。

「結婚算什麼上進心啊。」

「每個人的人生都要走到下個階段，妳不前進就是沒有上進心。」

講得跟真的一樣。我只能再次拿出我的 ending，冷冷地應了聲，「喔。」

沒上進心就沒上進心啊。我沒上進心三十幾年了，不還活得好好的！

阿紫奶奶還想繼續念下去的時候，彪哥來電了。我開心地接起，阿紫奶奶也換上了想聽八卦的表情，一臉期待的看著我。

「……這樣啊，好，我知道了。」簡單回答後，我忍住了興奮的心情，掛上電話，拿著手機的手都忍不住發抖。

阿紫奶奶緊張地抓著我的手問：「怎樣了？」

「彪哥說要跟嚴華阿姨去吃晚餐，會送她回家，要我們先走。」我開心地直接抱住阿紫奶奶。以前總覺得她的聯誼社就像直銷大會一樣，是我錯了，錯得離譜，阿紫奶奶真是紅娘再世啊！

反倒是阿紫奶奶聽到這個結果，變得很冷靜。「妳好奇怪，幫媽媽的前男友找到新女朋友，有這麼值得高興嗎？」

當然有。我上次這麼高興，是湯湯和阿澤決定在一起的時候。

「阿紫奶奶，今天太值得慶祝了，我請妳吃大餐！」我說。

「我要吃最貴的。」

「沒問題，隨便妳點。」然後我找了另外兩個跟我一樣高興的……來幫我一起付錢。這就是有合夥人的好處。當然，也要她們夠義氣。這一點，她們從未讓我失望。

我們四個人開開心心地吃了晚飯。

因為茉莉還要回公司拿東西，她先送阿紫奶奶回家。她們離開後，湯湯突然扭過頭來，一臉真誠地對我說：「彪哥和妳媽分手後的這段時間，辛苦妳了。」

「什麼意思？」沒頭沒腦的說什麼辛苦。

「其實妳不要覺得內疚，給自己太多壓力。」

我心跳突然加快，好像說謊被拆穿了一樣，耳朵嗡嗡作響。湯湯像是明白我聽懂了，繼續說著，「那是妳媽的問題，不是妳的。妳真的沒有必要全都承擔下來。」

「我沒有。」

她嘆了口氣。「妳有，妳一直有。妳覺得妳媽做錯事，所以妳必須做點什麼來補償。何止彪哥，彪哥之前的德叔，還有那些大爸、二爸、幾個爸，和妳大哥跟二哥……哪個人妳沒有花心思照顧過？我知道妳甘願，也從不對我們喊苦，但就是這樣，我和茉莉看了都心疼。」

湯湯說的沒錯，所以我討厭我媽。但另一方面，我更討厭自己。

明明可以活得更輕鬆，卻還是都伸手攬了下來，只是為了消化一些自己的罪惡感，身為丁秋祝女兒的罪惡感。

我看著湯湯，只能苦笑。

「我不是要阻止妳，因為我們都知道生活本來就如此，總是看不下去的人在承擔。只是希望妳不要太累，好嗎？」湯湯好貼心。

我點了點頭。因為這些話，就算累，也不累了。

和湯湯聊到了店家打烊，我們才各自解散。原本以為會很疲勞的星期一，卻意外被今天發生的好事而抵消了。

為什麼人生不能只有好事就好呢？我邊開車邊問自己這個問題，人都到家了，還是沒有答案。

回到家的第一件事，我打給彪哥，想確定他有沒有平安回家。但接起電話的卻是一個年輕的聲音。

「哪位？」

「這是彪哥的電話嗎？」我問。

「妳是誰？」

這人的口氣有點衝，我當然也不能輸。「你又是誰？為什麼接我朋友的電話？」

「我是他兒子。」

「喔，請把電話轉給彪哥。」

「他不在。」對方直接把電話給掛了。

我看著轉暗的手機螢幕，「轟」的一聲，怒火在腦子裡炸開。我再次撥出電話，一次不接、兩次不接……第三次終於接了。

「我爸不在。」還是那個年輕低沉的嗓音，以為聲音像 Tom Hiddleston 就可以這麼囂張嗎？

「沒關係，我是要找你。」我說。

電話那頭一愣，「找我？」

「對，找你這個不肖子！為什麼班機提早不早點說，害你爸多跑一趟？你爸一大早去市場，買你愛吃的海鮮，想煮火鍋給你吃，你和你那個不懂事的妹妹，竟然不回家陪爸爸吃飯，跑去飯店吃什麼高級料理！也不問問你爸要不要去，你怎麼好意思啊你？你有沒有想過你爸的心情？」

「關妳什麼事。」他冷冷地說。

換我愣住了。對啊，關我什麼事？我又不是他們家的誰。我詞窮，怎麼辦？我要輸了！

正當此時，他突然又補出一句，「我不會贊成我爸跟妳交往的。」

嗄！他是不是誤會了什麼？

好在我腦筋轉得很快，馬上取得主場優勢，準備狠狠氣死他，「你爸是成年人，他要跟誰在一起，用不著你贊成。我不介意你先叫聲『小媽』來聽聽。」

電話那頭先是一陣無聲，然後又被他給掛掉。

我在客廳沙發上瘋狂大笑，眼淚都快笑出來時，電話又響了，螢幕顯示是彪哥來電。我做好對方不是彪哥的心理準備，接起電話，本想再開口來個下馬威，但打來的卻是真的彪哥。

「小熒啊，妳到家了嗎？」

「嗯，我在家了。我剛剛有打給你，是你兒子接的。」

「是嗎？他怎麼沒有跟我說？沒關係啦，我打給妳是要謝謝妳啦。」

「謝我什麼？」

彪哥在電話那頭支支吾吾，「就是謝謝妳啊。我今天和小華聊得很開心。」

哇！稱呼從「嚴小姐」變成「小華」，進展會不會太順利了？

彪哥壓低聲音，興奮地說：「沒想到她竟然可以接受我騎重機，還說要陪我去兜風。」

「那你就載她去兜風啊！」最好兜完直接結婚。

「可是這麼快跟別的女人走得那麼近，對妳媽交代得過去嗎？」

拜託，我媽那速度才叫快好嘛！我咬牙切齒，「你們已經分手很久很久很久很久了，好嗎？」忍不住開始再次教育彪哥的感情觀，這一堂課上了快要一個小時，直到逼著彪哥重複說三次「放下過去，面對未來」，我才甘願掛掉電話。

一看時鐘，已是晚上十二點多，我趕緊洗澡睡覺。在臨睡前，我收到了一封陌生號碼的簡訊：請妳不要和我爸聊這麼久，他有年紀了，需要睡眠。

我又差點笑哭，只好回他簡訊：小媽知道了，小媽會改進，祝好夢。

這晚，我笑到睡著。

隔天一早，準備出門上班時，才發現先前上網幫二哥訂的那束花，竟完整地被扔在廚房流理臺。本想去房間踹醒他，問清楚是怎麼一回事，但我沒忘記小妃今天幫我排了一整天的面試行程，得要八點半就進公司做準備。

於是我快馬加鞭趕往辦公室。一在銀河大樓外停好車，阿紫奶奶就衝到我面前，「怎樣，昨天回去彪哥有跟妳說什麼嗎？」

我忍不住吐嘈，「阿紫奶奶，妳不是說只要妳出馬，沒有辦不成的婚事，這麼擔心幹嘛？」

「因為我沒有處理過老人的業務嘛，我也是會擔心業績的。」

我決定讓阿紫奶奶多擔心一下，於是故作神祕地不肯回答，氣得阿紫奶奶說要漲我們房租，我也笑笑不說話。放羊的奶奶，哪有收過我們一次房租？有時候連該給的水電費也不肯跟我們拿。

我常問阿紫奶奶，為什麼要讓我們租這裡，又不收房租。

她永遠只有一句回答，「我開心。」

要讓別人開心多難啊！所以，應該是我們跟阿紫奶奶索取娛親費才對。

到了辦公室，泰妃糖已經在公司裡忙了。

「你們怎麼那麼早來？我又不會多給你們加班費。」上班時間是九點，這麼早進公司幹什麼？連八點半都還不到。

「我開心。」他們群起頂嘴，都跟阿紫奶奶學壞了。

但這確實是我們想要傳達給員工最重要的精神：工作開心。

我開始準備面試的臺詞，和我想問的問題。不知道過了多久，小妃開口提醒我，「丁姊，面試的人都來了，妳OK的話，就準備開始。」

我點頭起身。公司是開放式的，我們開會的地方，只有中間那張會議桌，於是面試辦起來像茶敘。我們一向是統一面試，每位面試者的面前都有茶水點心。公司是一個團體，比起說話，我更在意對方有沒有用心聆聽別人說話，尤其是當應徵的職缺是購物網站的客服專員時，這點更重要。

走到會議桌前坐下，眼神環顧過所有面試者，我看到了那天在停車場說我八卦的兩個女孩。說我很正的那一個叫正美，而要我有本事就卸妝素顏的女同學，胸前別著的名牌上寫了「雷妮」兩個字。

雷妮瞧了我一眼，有些微的不安。或許她還在擔心，那天我究竟有沒有聽見她的批評。我給了她一個微笑。不管有沒有聽見，都不會影響我挑選工作夥伴。我公私分明。

我的小眼睛小鼻子，從來不用在自己身上。我的處世原則是罵我可以，罵我家人朋友不行。

面試開始，就像聊天一樣，我請大家聊聊選擇 weup 的原因，並說說自己將來打算，想想自己的能力，能為公司帶了來什麼助益。

雷妮突然反問：「為什麼不是問公司能給員工什麼呢？人一輩子花了百分之七十的時間在工作上，付出了這麼多，賺的錢都是公司的，員工頂多領領薪水，還問我們能給公司帶來什麼幫助，這樣不會太不公平嗎？」

我笑了笑，完全同意她的意見。

當初我和茉莉一起被前公司裁員的時候，我的想法跟雷妮一模一樣：爽的都是公司，可憐的都是員工。

但自己成為老闆後，我開始能明白「不同位置，不同思維」的必要性。但我也做過別人的員工，所以我們當老闆的唯一承諾，便是過去受到的壓榨，不可以發生在自己的夥伴身上。

雖然只是個賣內衣的小品牌，可是我、茉莉和湯湯，是用大公司的規格，小公司的細心，在對待和我們一起共同打拚的員工。

畢竟讓別人重蹈自己發生過的痛苦，也是一種霸凌。

「……所以 weup 盡力要給員工的，只有開心。工作時候開心，領到的薪水時候開心，其他什麼人生體悟、工作目標，必須你們自己給自己。」

雷妮一臉不以為然，「好官方的說法。」

同桌的大家一愣，一旁的正美也倒抽了一口冷氣，用手肘頂了頂雷妮，想制止她，但雷妮卻一臉「我又沒有說錯」的表情。

我再次笑了笑，「是很官方沒錯，因為今天面對妳的人，不是丁熒，是 weup 的執行長，我當然不會用私人的方式表達。如果是丁熒，就會告訴妳，如果覺得當員工為老闆賺錢很不公平的話，妳可以自己創業。」

人生的各種處境就只有兩種選擇，一是接受，二是不接受。哪來那麼多廢話？

但雷妮的廢話就是這麼多。介紹公司環境時，她覺得環境很不便利，捷運到不了，公車也只有在遙遠的社區外有站牌……所以我們都有補助交通津貼，那是我們的一點心意，但不代表我需要幫員工解決他們的交通問題，那些是員工自己該衡量的東西。

說到公司升遷時，她又覺得整體很沒有制度。這點我也很老實回答，「我們是最近才開始增聘員工，所以這方面的制度建構確實沒有很完善，後續會改進。」看雷妮挑三揀四的樣子，我一度以為她是我的高中教官，在抓我染頭髮的問題。

兩個小時的面試結束，我心裡也有了人選。以前面試時最討厭等錄取通知，有時候一等就是一個星期。這一星期的等待，要再去面試別家公司，覺得很不安心，怕被錄取了，對後來去面試的公司不太尊重。

我比較喜歡徹底結束後再重新開始，就跟感情一樣。

結束時，每個來面試的員工都會拿到一個封信。裡面大部分是感謝信，謝謝他們願意花時間來 weup 面試，希望有機會再合作，順便附上公司的禮卷以表達謝意，而其中三位會拿到錄取通知單。

小妃送走面試者，關上玻璃門，轉頭看向我的第一句話就是，「那個雷妮好煩！」連沒有脾氣的小妃都說出這樣的話，可見雷妮真的很煩人。但那也不關我的事，反正只是一場演講、一場面試的緣分，「別為了陌生人動氣」是我常告誡自己的話。

大哥常說我名字不好，熒字三把火，所以個性才會這麼衝。但相信我，再衝的人，只要年紀一到，也會自動減速。

想到這裡，我忽然想起昨晚彪哥他兒子的態度，跩到害我超速，只能算他倒楣。如果他敢用這樣的態度對待嚴華阿姨，我肯定會再加速！到時候，就看誰的板金厚了。

我拍了拍小妃的肩，「去看歐爸消除煩躁！」小妃是各種劇狂，各國劇都追，最喜歡韓國的宋仲基。

「算了，我的歐爸已經是別人的老公。在愛上下一個歐爸之前，還是工作比較實在。」小妃自我安慰。她學到了人生最重要的事。

我笑了笑，看著她走回辦公桌的背影，想著得要幫她換一張高一點的椅子。再這樣彎下去，她遲早要脊椎側彎。

口袋裡的手機響了，是大哥打來的，口氣好著急。

「小熒，妳可以幫我去幼稚園接飛黃騰達嗎？老師打來說他們發燒，可是我現在在新竹出差，要晚上才能回去。」

「大嫂呢？」

大哥支吾地回答，「她和朋友去吃飯，因為是全台灣最難訂的餐廳，所以她……」

「我知道了。」我掛掉電話。真想找公司的法律顧問，問個小問題：請問小姑殺大嫂有罪嗎？

算了，我和大哥、二哥都沒有媽媽，不能害飛黃騰達也沒有媽媽。我迅速交代了小妃後，拿了車鑰匙，抬頭看了一眼湯湯和茉莉，她們兩人很有默契地給了我一個「去吧」的眼神。

於是我跑下樓，卻見雷妮和正美還站在培秀姊的咖啡店門口。

雷妮撕掉了公司給她的信封。「什麼爛公司，沒眼光！」

對，她沒有錄取，絕不是因為她很煩。老實說，我覺得她很像二十歲時的我，什麼都不在乎，想說什麼就說什麼。她是個很直的人，這是她的優點，但也是她的缺點。

但正美被錄取了。她的聲音溫醇敦厚，給人一種安心感，個性理性又不失活潑，不會讓人覺得嚴肅……重點是她認真聽別人發言的樣子，我非常喜歡。我第一個想要錄取的人就是她，完全符合我想要找的網路客服專員特質。

撕掉手上的信封，雷妮又搶過正美的信封看了一眼，不敢置信地說：「怎麼可能，居然錄取了妳？他們是不是搞錯啦，妳又沒有什麼特點！」

正美抽回信封。看得出來，她因為朋友的評語而感覺受傷，但她沒有表現出來，也沒有口出惡言。「反正妳只是來面試看看，又不是真的想要得到這份工作，有沒有被錄取，對妳來說並不重要。」

「是沒錯，但我就是不爽啊！我附上的履歷表，寫得那麼好，再加上我在學校的成績也很高，沒被錄取就是不合理！那個丁熒一定是故意針對我。那天在停車場，她一定什麼都有聽到，公私不分！」雷妮還是不甘願。

雖然我著急要去接我的愛姪們，但衝著最後這四個字，覺得有必要澄清一下。

「我那天的確什麼都聽到了。」我在她們身後說。

雷妮和正美都嚇了一跳，同時回過頭來。雷妮臉上閃過一絲心虛。就說了不要隨便說人壞話，活該！

「……但如果我真的想公私不分，妳連面試的機會都沒有。」

雷妮的嘴巴就是不服輸，「搞不好妳是想故意給我難堪。」

我笑了出來，對著眼前長相甜美，但真的很雷的女孩說：「妳為什麼會把自己想得這麼重要？妳撕掉的那個信封，印一張成本要五塊錢。裡面裝的感謝信內容，是我的助理花時間擬稿出來的，還有那幾張附贈的禮券也是公司成本……光是這些就要價許多。妳哪裡來的自信，認為我花這些錢，只為了讓妳難看？」

雷妮臉一陣青一陣白，說不出話來。

「如果妳有公主病，就好好待在城堡裡。社會很可怕，每個人都有可能是妳的後母，懂嗎？」我良心建議。

正美在一旁為雷妮道歉，「執行長，不好意思，雷妮說話比較直接，但她人其實很好……」

我開口打斷。「以後都要一起共事了，別叫什麼執行長，叫我丁姊就好。然後，我其實人也很好的。」我給了女孩們一個微笑，「我還有事情要處理，下次公司見！」這句是對著正美說的。

反正我和臭臉雷妮，不會再見。

飛速來到幼稚園，接走了原本看到我會飛奔，但因為生病而全身無力的飛黃騰達，直接去了他們常去的幼兒診所。診所裡的護理長一見到我就笑著打招呼。「姑姑，今天又是妳啊？」

「對啊！」一向都是我。

我大嫂只負責拍他們可愛的照片，上傳 FB 經營粉絲團。如果我沒有眼瞎，早上滑了一下手機，已經看到她把我送給飛黃騰達的繪本，拍得美美的傳上了FB，而底下全是她信徒們的讚嘆「這我根本搶不到」、「好想要喔！可以團購嗎」、「媽媽好優秀，好會選繪本」……

真的好會！

把兩個小孩帶進看診間，等於展開一場戰爭，哭啊喊啊……姑姑很久沒有參加派對！地上留下被他們扯落的長髮，身上的襯衫釦子也在掙扎中掉了。好不容易各打一針結束後，我和飛黃騰達都癱在沙發上。

護理師交代了我要怎麼吃藥、要注意兩人晚上的狀況，還提醒我下次帶飛黃騰達的健保卡來補卡，最後親切地問：「藥有點苦，需要幫他們加點糖水嗎？還是有需要其他協助？」

「我需要來一瓶威士忌。」

護理師笑了笑，以為我在開玩笑，但我是認真的。

全身疲憊地帶著兩個小孩回大哥家，按了門鈴，大爸幫我們開了門，急忙向我道謝。

「不好意思，又麻煩妳了。」

「沒關係，反正我有空。」如果說謊能讓大爸心裡好過一點，我一輩子都有空。

哄著孩子們在房裡睡著後，我走進客廳，看見大爸正在洗碗。轉頭瞥見垃圾桶裡的泡麵袋，忍不住問：「大爸，你吃泡麵？」

大爸尷尬地笑了笑，「就嘴饞。」

如果我相信，我才是豬。大嫂從不下廚也就算了，連出去買個飯回來給大爸吃都這麼難嗎？我在心裡嘆了口氣，但有些謊言不能戳破。

「大爸，我出去買點東西。」說完，我便往外衝。

買了一車食物塞滿大哥家空盪盪的冰箱，再買了健康餐盒，硬要大爸「再陪我吃一次飯」，同時不停偷偷把我餐盒裡的菜挾到他的飯碗裡。

「大爸，嘴饞也不要吃泡麵。我買了很多水餃、包子，你肚子餓就煮點來吃。」

大爸看著我，眼神複雜地點了點頭。人生最無奈的，是那些即使說了，也解決不了的委屈。大爸有他的，大哥有他的，我有也我的，每個人都一樣。

吃完飯，大哥剛好打來，說他已經在回家的路上。我報告了目前的狀況，好讓他能夠接手。離開大哥家時，剛好是下午五點，然後我回公司工作，目送大家一個接著一個下班，而我則一件事接著一件事處理。

「要幫妳買晚餐嗎？」準備下班的茉莉問。

我搖了搖頭，「給我一瓶威士忌。」

但茉莉只給我一記白眼。

沒過多久，輪湯湯下班。「我和阿澤要去吃火鍋，要不要一起去？」

我搖了搖頭，「不了，我好累，忙完就要回家喝酒。」

「多喝點！」這是湯湯給我的鼓勵。

在她走了之後，公司就只剩下我一個人。當我處理完今天該完成的工作，走出銀河大樓時，已經晚上八點了。我常想問，全世界是不是只有我的時間過得特別快？

虛脫地坐上車，才一發動引擎，彪哥就打來了。

「怎麼辦，我明天早上要和小華去兜風。剛剛我看衣櫥裡，沒有什麼好看的衣服，妳可以陪我去買嗎？」

「現在？」我問。

「可以嗎？」

當然可以。彪哥都開口了，我怎麼可以沒有義氣的說不。「我二十分鐘後到你家門口。」

結果我十五分鐘就到了。下車透透氣，才發現掉了釦子的襯衫，穿在我身上有點性感。我想起了那段每到夜晚就打扮火辣，喉嚨泡在酒水裡，眼睛中充滿各式鮮肉的美好日子……與從前相比，我現在像個被榨乾的職業婦女。

往事不要再提，人生已多風雨！感嘆完畢，彪哥出現在我面前，臉色極好，眼角有笑。

「趕戀愛進度喔？」我笑問。

彪哥不好意思地搔了搔頭，「就還滿聊得來的。我和小華現在都是閒人，比較有時間能聊天，而且她還主動說要陪我去騎車耶！」他那一臉發現新大陸的樣子，逗得我直想唱其實愛對了人，情人節每天都過……

我笑了笑，「上車。」替他開了車門。轉身要繞回駕駛座時，彪哥突然叫住了我，然後脫了身上的薄襯衫，披在我肩上。

「妳的衣服是怎麼啦？」

「一言難盡，懶得說了。倒是你這個舉動，一定要保持下去，知道嗎？」我叮嚀著彪哥。雖然這很老套，但很多女人都吃這套。

和彪哥上了車。我突然在後照鏡裡，瞄到了一個身影，就站在距離車子五十公尺後左右的造景牆後。我不確定那是人還是什麼髒東西，再想定睛一看，卻發現那個位置根本是空的。

……我累到產生幻覺了！得快點幫彪哥選完衣服，然後回家喝酒。

路上，問了彪哥想走什麼路線？他說要年輕有個性。我只好帶他去潮店晃晃。原以為他會拒絕，沒想到他什麼都說好，買了幾件潮T，甚至直接穿了一件在身上。果然人要衣裝，彪哥整整年輕了十歲……但還是有六十歲。

彪哥還試穿了件皮外套。

「帥！」我評價。

他馬上脫下外套，遞給店員，「這件也要。」

「這麼快就決定？」我一驚。

「我相信妳啊！」彪哥一臉理所當然，然後塞了件T恤給我。「這件還不錯，把妳的襯衫換下來，妳都快被人看光光了。」

「有什麼關係，再過幾年就沒有人要看了。」我說。但彪哥沒有理我，直接把我推進更衣室，我只好換上了那件T恤。

換好後走到彪哥身旁，店員開口稱讚，「站在一起好搭喔，好像父女裝！小姐身材真好。伯伯，你女兒真漂亮！」

「那當然，也不看看是誰的女兒。」彪哥說得好自然。我心裡有塊失落的地方，頓時被填滿。

在我恍惚的時候，彪哥已經結完帳，又遞了個紙袋到我手上說：「我還買了兩件，一件給阿豪，一件給阿龍，改天我們一起穿新衣服去吃飯。」

我笑了笑接下，「好。」

最後，我陪彪哥去聊天吃宵夜。他說他兒子回來幾天了，還沒能跟他多說幾句話，連飯都沒有吃上一頓。我也只是老話一句，「以後有的是時間。」但我更想說的是，時間誰都有，有沒有心才是重點。可是不想讓彪哥難過，所以這話我吞了回去。

幸好還有嚴華阿姨。我轉個話題，看著彪哥聊起她時眉開眼笑的模樣，我只能相信，生活，還是會有好事發生。

送彪哥回家時，已經近十一點了。

「謝謝妳陪我買衣服。」彪哥一臉感恩。

「明天騎車時要注意安全。」我叮嚀著，彪哥點頭下車。目送他走進大樓後，我正要踩下油門，卻有人突然站到了我的車前！我急忙換踩剎車，罵了一串髒話。抬頭看著擋在車前的那個人。他似乎沒有打算要走，感覺是個厭世的傢伙……但想死為什麼要讓我當劊子手？

我下車破口大罵，「你有病嗎？」

還沒有看清楚那人的長相，他就先對我放話，「不要再接近我爸！」語氣有夠跩，這聲音讓我想起來他是誰。

我環抱著胸，抬頭看著眼前的「假繼子」。他高壯的像堵牆，臉上沒有表情，面色很難看，穿著T恤、短褲和拖鞋，雙手插在口袋裡，用鼻孔看我……請問，是沒有長眼睛嗎？

「我偏要。」我也冷冷地說。

「我知道妳們這種女人，要的只是錢。」

「哪種女人？」

「專門騙老人退休金的女人。」

他的眼神如果是雷射光，我現在已經氣絕身亡了吧。

我笑了出來，對他招了招手。對方遲疑了一下才走過來。我從車內取出手機，登入網路銀行，把裡面的餘額顯示給他看。他看著我一愣，我再拿了前天剛繳完的房屋稅單塞到他手上。

他瞄了一眼，「然後呢，是要證明妳剛騙完另一個老人嗎？」

嗄？

他繼續擺出一臉不屑，「妳年紀輕輕，為什麼不好好找個工作，當什麼詐騙集團？有手有腳為什麼要作賤自己？妳爸媽知道了不會難過嗎？我真的搞不懂現在的女人是在想什麼……」

啊，這是個喜歡誤解別人的人呢。

「想跟彪哥在一起呀！」我故意這樣說，再附上真誠而閃亮亮的漫畫式大眼，伸手抽回了稅單。

他怒瞪著我，我笑了笑。想惹我生氣，門都沒有。

「有本事就衝著我來！」他嗆聲。

「可是我對你這種人沒有興趣。」我也很不屑。

「哪種人？」

「自以為是，深夜攔單身女子嗆聲的男人。」我不客氣地回應，繼續說：「彪哥多好，穩重又成熟，才不像時下這種屁孩。」說到屁孩兩個字，我特別在他身上停留了一會兒，嚴重挫傷他身為男人的自尊。

他氣呼呼地瞪著我，我忍不住拍了拍他的肩膀安慰。「你乖，不要阻止我和你爸相愛，我一定會當個好後母，好好疼愛你的。」

他氣得揮掉我的手，「妳怎麼可以那麼不要臉啊？」

「為什麼不可以？」你可以不講理，我為什麼不可以不要臉？要臉幹嘛，我又不靠臉吃飯。

他的忍耐到達極限，咬牙切齒，「妳要多少錢？我可以給妳。」

他越是生氣，我越是感到身心舒暢。想跟我鬥，可能得要再多修行個幾年，或是找個像丁秋祝那樣的媽，功力一定會增強不少。

「你要多少錢？我也可以給你。」我給了他一個甜美的微笑。

在他緊握的拳頭揮向我之前，我還是先安全退場好了。日理萬機的人，沒有時間受傷。「如果真的關心你爸的幸福，應該先去找他好好聊一聊，而不是在我面前說這些話。更何況，一年沒打過幾通電話關心自己爸爸的人，真的了解他需要什麼嗎？」

懶得跟他廢話太多，我轉身上車。好爸不珍惜，以後徒傷悲。

我繞開他急馳而去，從後照鏡裡，見他還站在原地，一股似曾相似的感覺湧了上來。原來先前幾次來接彪哥時，感受到的注視，都是來自於他。因為我和彪哥之間不只是朋友，而是更像家人的親暱舉動，才讓他誤會了。

那我也沒有辦法啊！光看表面的人，通常都吃虧。

但我還忍不住把車停到一旁，拿出鏡子好好審視自己的臉，「我到底哪裡長得像詐騙集團？」明明看起來就很善良。

帶著這個疑問回到了家，無力地躺在沙發上，安靜不到三秒，手機又響了，我閉著眼睛，從包裡掏出電話接了起來。

「丁姊，我是小元，之龍哥喝醉了，妳要來接他嗎？」

「不要。」

「可是他現在佔了ＤＪ檯，在唱江蕙的〈家後〉，還要我們一起大合唱。我們和客人都很困擾。」小元的聲音聽起來好哀傷。

「把他拖進去辦公室鎖起來。」

「上個月進了一批酒沒有位置放，都先塞在他的辦公室裡，裡面沒位置了。丁姊，拜託妳來帶走之龍哥。」

「不要。」

我說完掛掉電話，翻了一次身，又翻了一次身，然後坐起身，對著天花板大叫三秒後，拿起車鑰匙疲憊地再次踏出家門，是晚上十二點五十分。

走進店裡，小元看到我像看到一盞明燈，拉著我往舞臺上看去，就見鄭之龍拿著酒，站在上頭大跳熱舞，音樂是黃妃小姐的〈追追追〉。我叫小元和另一個工讀生上臺去抓他，他一見要被抓下臺，就跑給大家追追追。

店裡氣氛超嗨！

鄭之龍跑到我面前時，我伸出腳絆倒了他，他痛得哀叫了一聲，直接倒在地板上睡著。我用腳踢了他幾下，「鄭之龍！起來。」但他動也不動，睡得好香好濃好陽光豆漿。

我對著小元和工讀生說：「搬到我車上！」然後毫不留情地從鄭之龍身上踩過去，但他還是跟廣告裡的阿嬤一樣，怎麼都沒有感覺。

我開著車，看著車上的螢幕顯示一點四十分，火都上來了。

這時特別感謝台灣最愛把路挖的到處是洞，我故意駛過那些洞，或是反覆緊急剎車，看到鄭之龍在車內跌跌撞撞，一下撞上車門，一下撞上玻璃窗，我的心情才好了一點。

到家時，我停好車，用力拍著他的臉，「鄭之龍，起來！快點。」但回應我的只有打呼聲，我用力繼續拍打，打到他臉又紅又腫，像拜拜用的豬頭，不得已決定放棄叫醒他。

但我一個弱女子怎麼搬他上樓？大卸八塊，用行李箱？不行，我沒有那麼利的刀子，也沒有那麼大的行李箱……重點是，我現在好想睡。於是，我將車窗降下來一點，讓他睡在車上。

當我搭上電梯時，竟在電梯裡打起瞌睡……

This is life，這是我的生活，每天的生活。

時間好快，但一天卻又是這麼樣的漫長。

Chapter 5

就這樣睡掉了一個早上！

當我驚醒時，已經接近中午。我完全沒有聽到鬧鐘的聲音，拿出手機才發現原來是沒電了，跟昨天晚上一回到家的我一樣沒電。我趕緊將手機充電，用室內電話撥到公司。

我沒忘記，今天早上是品牌購物網站的簡報會議，有三家廠商會來，但身為公司負責人之一的我，居然狠狠地睡過頭！

電話一被接起，我馬上說：「找湯湯或茉莉。」

「好。」小妃說完，下一秒便接上茉莉的聲音，「簡報會議開完了，等妳來公司再說。湯湯叫妳不要急。」

謝謝她們的包容。

但我還是急，因為我不是金城武，世界越快，心很難慢，我的一顆心都要飆起來。隨便刷個牙洗個臉，換個衣服，腳上還踩著拖鞋，人就衝出門了。一到停車場，才發現鄭之龍竟睡得比我更熟！

起床氣還沒有發洩夠，剛好拿他來當出氣筒。

我用力地拍他臉頰，「鄭之龍，給我起來喔！」手勁比昨天更用力，每一下都響亮亮。

他痛得睜開眼，揮掉我的手，「妳幹嘛啦！很痛耶。」

我打了最後一下，「不痛你會醒嗎？」

鄭之龍痛得撫著臉，「醒了啦，不要打了，恰查某耶。」

我沒好氣地瞪了他一眼，「早知道讓你睡在路上。」伸手直接把他從後座推下車，他慌慌張張剛站穩，我已經坐上駕駛座，發動引擎，踩著油門要走人。經過他身邊時，我降下車窗對著他大吼，「鄭之龍，老娘以後再幫你訂花，你就跟我姓！」

好想要有一個懂事的哥哥，不，是兩個。

到了銀河大樓，停好車我便衝進公司，直接坐到會議桌前，喘到以為自己就要斷氣。

小妃貼心地為我泡了杯茶，湯湯和茉莉坐到了我的面前。湯湯無奈地看了我一眼，「不是叫妳不要急了嗎？」

我心裡過意不去，大事沒有陪著大家一起，我覺得沒有義氣。

茉莉也跟著附和，「算了啦，會聽話的還叫丁熒嗎？」

「快點幫我 updata 一下，我等等還要進百貨談續約和改裝。」一個早上三個小時的工作時間，對我來說有多珍貴，比張學友的〈你最珍貴〉還更珍貴。

於是湯湯和茉莉做了個小簡報，再比較了一下三間行銷公司的背景、理念，還有過去一些設計作品。最後湯湯加了一句，「我覺得 Realgood 的總監滿好溝通的。」

「那就 Realgood 吧。」出來做生意才知道，當你遇到有理講不清的客人，或是講了也聽不懂的廠商，就會知道溝通有多重要。其實也不只是生意，反正生活裡，多的是不聽或聽不懂人話的人。

「我也喜歡 Realgood，他們報價比較公道，而且很詳細，連手機的購物 APP 也會一起設計，多划算。」茉莉不愧是財務總監。

湯湯點了點頭，「那我就和 Realgood 簽約囉。」

「辛苦妳了。」這次購物網站的計畫，我幾乎都沒有好好參與到，都是湯湯在忙，她又要負責下一季新產品的開發設計，大家都被工作耍得團團轉。

「妳無聊。」湯湯笑著回應。

誰不知道，我一沒有喝酒，就是個無聊的人啊！

我的眼角突然瞄到正美，她坐在小妃的位置旁邊，阿泰正在幫她上產品課程。我連今天有新人報到都忘了。正美察覺我的視線，抬頭看到我，給了我一個微笑。

看著她笑起來充滿膠原蛋白的眼角，真令人覺得羨慕。

突然小妃拿了 iPad 走到我們面前，表情不是很好看，「丁姊……」

我、湯湯和茉莉抬頭看著她，「怎麼了？」我問。

她把 iPad 遞給我，「我們的粉絲專頁被人留了一個一星的評論，現在評分變低了。」

我看了那個一顆星的評論，上面寫著：內衣廉價又低俗，跟你們執行長一樣，根本不會做人。帳號看起來像是假帳號，沒有大頭貼，裡面也沒有內容。

「我滿會做人的啊，做人不就是兩個人脫光光躺在床上……」我試著向大家解釋，卻被茉莉制止。

「丁熒！這裡還有小孩。」

「誰？」

「比我們年紀小的都是小孩。」湯湯笑著說。

我還想說有機會來個健康教育，我無趣的把 iPad 遞給小妃，她一臉茫然地問：「就這樣？」

「不然咧？」

「丁姊不澄清一下嗎？他人身攻擊耶。」小妃看來有點生氣，氣那個假帳號。

「不用澄清。」跟個假帳號認真幹嘛。

「那也不用回應嗎？這樣不會影響公司形象嗎？」小妃很擔心。我就愛看她擔心，因為看她的反應就知道，她和我一樣，認認真真地愛著 weup。

我笑了笑，「不會，妳要相信喜歡和支持 weup 的消費者，不會那麼簡單被一個評論動搖的。」

小妃見我們三人老神在在，也只能風雨生信心，點了點頭後，回到自己的位置上繼續工作。

人生會碰到的惡評，何止一個假帳號。

但其實在剛點進假帳號的同時，看到了那帳號裡的幾十個朋友裡，有一個人叫 Leini，我直覺想到了雷妮。會是她嗎？她的嫌疑最大，畢竟我最近惹她不爽了幾次，昨天還沒有錄取她。

真要是她的話，好像也很合理。

下一秒，桌上的手機響了。我們三人同時瞄了一下螢幕，又是美國打來的電話。我直接按成靜音，然後看著螢幕不停地閃啊閃。

茉莉忍不住讚嘆，「秋祝小姐，好有毅力。」

我苦笑，「那當然，不然哪能結那麼多次婚。」

「妳覺得她打給妳要幹嘛？」湯湯問。

「又要結婚了吧！」我媽不曾伸手跟我要生活費，從我開始打工後，她也沒有再給我過一毛錢，更不關心我的生活，但她卻貪心地總想要得到我的祝福，欺人太甚。

螢幕不閃了，響的是公司電話。茉莉接了起來，「她不在喔！最近都出差，好的，我再轉告丁熒。」

掛掉電話後，她看了我一眼。不需要多做說明，我在心裡嘆氣。

不到三秒鐘，手機的螢幕又亮了，是大哥打來的，謝謝我昨天幫忙接送兒子，還有照顧大爸。

「他們兩個發燒有好一點了嗎？」

「有，昨天晚上就又開始吵吵鬧鬧。」

「那就好。」

大哥突然追問了一句，「妳今天可以再幫我接飛黃騰達嗎？」

「大哥，你以為我是娃娃車司機嗎？」為什麼接送小孩好像成了我的工作，我可以救急，但不能接受它成了常態。

「小熒，妳不要這樣說，我沒有那個意思，是妳大嫂他爸爸身體不太舒服，她剛趕回桃園去看他。我本來答應要去接，可是臨時有會議，妳也知道我老闆……」

「可是我下午有工作。」

湯湯突然出聲，「我去吧！」

我抬頭看著湯湯，她對我點了點頭，眼神說著沒關係。我嘆了口氣，對大哥說：「湯湯說她可以幫忙接。」

「真的嗎？替我謝謝她。」

掛掉電話後，我覺得對我的好友兼合夥人很抱歉。把不屬於我的責任，攬在自己身上，我可以說自己活該，但轉嫁到她們身上，那是她們對我的義氣，但我卻對她們不講義氣，才讓別人陪著我分攤。

茉莉拿了資料夾敲我的頭，「別想太多。」

湯湯拍了拍我的手說：「那麼愛想，不如想看看，要請我吃什麼！」

感受她們的善解人意，我換上了微笑，如果在此時候，還讓她們安慰我，那我何止沒有義氣，根本就是沒有良心。

單請湯湯不是我的風格，順道再幫正美辦了個小歡迎會。本想帶大家去吃頓大餐，結果他們拒絕我，因為大家都太忙了。所以我訂了外送，披薩、炸雞、薯條，該有的都有，讓大家先塞塞牙縫，至於大餐就等這一波忙完後再補請。

看大家吃得很開心，我的心情也頓時好了不少。

趕緊處理早上累積的工作，確認這個月的櫃位行銷活動。南部櫃位有好幾個系列已經缺貨，我連忙打電話拜託代工阿姨加快速度出貨。我像是一隻不停蹄的馬，不知道要奔向哪裡去。

「丁姊，時間差不多囉。」小妃提醒我。

從一堆報表裡抬頭，已經下午兩點半了。和百貨店長約了三點碰面，我抄起鑰匙，趕往下一個工作。途經經過二樓時，阿紫奶奶突然叫住了我，不知道她是什麼時候出現的。

她對我說：「妳印堂發黑，最近會倒楣，我燒點符水給妳喝。」

「我早就倒了八輩子的楣。」不然這輩子怎麼會這麼勞碌？

我是無神論者，這個世界上，只相信我自己。

沒理阿紫奶奶，我上車駛離銀河大樓，飛快到來百貨公司。一下車就想大叫「我的天」！腳上居然還穿著上午出門時那雙運動拖鞋。「靠，忘了換高跟鞋。」我開了後車廂，想找備用鞋，卻忘了上次為了幫鄭之龍去酒商那裡載酒，把車上的東西全卸了下來。

買一雙？很好，佩服我的機智。

但包裡的電話響了，我接起。

「丁執行長，妳到了嗎？」

「到了，在搭電梯了。」站在手扶梯上，看著離我越來越遠的高跟鞋專櫃，感到絕望。

於是我就這樣身上穿著套裝，腳下踩著不搭的運動拖鞋，頂著亂髮，一臉狼狽地和店長續了約。談完改裝及換櫃位的事情後，店長打量著我，「最近很忙厚？」

我尷尬地把穿著拖鞋的腳往旁邊縮。當初我拿著酒杯，笑看那些為工作犧牲奉獻的人，警惕自己絕對不要過那樣生活，結果現在鬧了笑話，自己打自己臉，比打鄭之龍的臉還腫。

處理好工作後，我收到了湯湯的訊息，她已經出發去接飛黃騰達。另外彪哥也傳來他和嚴華阿姨在山頂的合照，兩人笑得羞澀可愛。談戀愛真好，我也好想戀愛，都忘了有多久沒賴在男人身上，看電影吃爆米花……

還是會寂寞，喔喔喔……我在心裡熱唱。

買了伴手禮給妳。彪哥又傳了一條訊息。

我想起昨晚和假繼子的爭吵，便回訊問彪哥：你兒子有跟你說什麼嗎？

說什麼？彪哥覺得疑惑。

我回應他：沒事。

這人真的很奇怪，私下為老爸出頭，卻又什麼都不說。

我將手機放入包裡。經過賣包包的專櫃，又隨即折返。看到了一個很適合茉莉的包包！她生日就要到了，但茉莉一向節儉，賺的錢大多交給媽媽，剩下的都用在她心愛的阿泰學長身上，買東買西，繳繳停車費，付付乾洗費……我和湯湯都希望她多花點錢在自己身上，她都說好，但轉身看她提的袋子裡，裝的都是要給阿泰學長的東西。

她喜歡這個牌子的包包，可是一直下不了手。

於是我踩著拖鞋走進了精品專櫃，專櫃人員仍熱情地向我介紹，最後我挑了一款經典系列，拿出信用卡結帳，決定為茉莉付出我一個月的薪水時，有個人站到了我身邊，冷言冷語地說：「原來是騙錢買包啊。」

我轉頭一看，竟巧遇我的假繼子。

「對啊！」我盡量讓自己笑起來，感覺很賤。

他瞪了我一眼，不高興地說：「我翻過我爸的存摺，上個月那二十萬，是不是妳拿走的？」

我仔細想著，彪哥什麼時候花了二十萬？基本上他花大錢，都會先問看看我的意見……下一秒我想到了原因，那時他說想換新的重機，大哥二哥還有我三個人還陪彪哥去看車。我當然是說不要買，因為我不懂車。

但大哥二哥就是兩隻豬隊友，馬上說很帥很酷很瞎趴，厲害到好像可以騎到火星一樣，愛車的彪哥馬上下訂。不過就算沒有大哥二哥在一旁搧風點火，彪哥也會買。大多數人都有一個習慣，其實已經做了決定，但還是希望有人附和，好像這樣的決定比較有可能是對的。

但選擇哪有對錯，只看後頭你怎麼承擔而已。

我抬頭看了一下假繼子，「如果我說是呢？」

他一臉很想打我，又不能動手，很痛苦的樣子。我一瞬間覺得自己有點不應該，這玩笑是不是開太大了？畢竟如果我是他，有了這樣的誤會，應該也會跟他一樣火大，可能直接脫下腳上拖鞋就打下去。

正決定把誤會解開時，假繼子卻開口，「要作賤自己是妳的事，但那是我爸工作了一輩子的辛苦錢，妳憑什麼亂用？」說完便轉頭走人。

最討厭這種講完自己的話就想走的人了！

我伸手拉住了他，冷冷地說：「如果那些錢不是我用掉的，你要怎麼跟我道歉？」

他冷哼一聲，「我死都不會跟妳這樣的女人道歉。別說騙我爸錢了，妳還在 Iceland 門口打過人！劈腿還打人的，我看全世界也就只有妳做得出來。」

我愣了一下，Iceland 不是鄭之龍的店？難道那天我在打阿 Ben 的時候，他也有看到？難怪他會這麼討厭我。我突然想喝阿紫奶奶的符水了，何止印堂發黑？我整個人都被自己給黑了。

他甩開了我的手，好像我是 SARS、MERS、禽流感一樣。

不能再這樣被誤會下去了。「那是……」我才說兩個字，他的電話響了。接起電話，他的臉色突然陡變，安慰地說了幾句，「……好，妳不要急，我馬上過去。」

我看著他著急離去的背影，一句洗白的話都沒有機會說。

算了，有什麼好解釋的！

拿了結完帳的包包，準備搭電梯要到停車場時，電梯門一開，發現裡頭站的正是那個「回桃園探望父親」的大嫂。她手上的戰利品比我還多，看起來像是逛了好一陣子才這麼豐收。

大嫂和朋友走出電梯，一見到我，眼裡閃過心虛。但她這麼愛面子的人，頂多只會慚愧一秒，但我已經非常感恩，至少還有一秒。

「大哥說妳回去看爸爸。」我試著別讓大哥難做人。

大嫂笑了笑，「後來我爸說他沒事了，我就沒有回去了。」

「那妳為什麼不自己去接飛黃騰達？時間明明就來得及，卻讓湯湯幫忙接。」是我就自認倒楣認了，但讓湯湯特地去幫忙接小孩，我覺得很火。

大嫂一臉事不關己，「我怎麼知道會是她去接。我是叫你哥接小孩，我也有打電話問他需不需要我去？他就說不用了啊！妳幹嘛講的好像都是我的錯一樣。他們是我的小孩沒錯，就不是妳哥的嗎？又不是每次都他接。」

「但好幾次都是我放下工作去接的。當初妳說要專心帶小孩，自己辭掉工作，少了一份薪水，大哥只好拚死拚活加班，沒有半句抱怨的話。如果妳是真的有事，我可以體諒，但現在這算什麼？」她要不是我大嫂，看在一旁還有她朋友的份上，我的三把火早就把她燒光光了，哪會像現在這樣還好聲好氣地說話。

「妳現在是什麼態度？讓妳這種私生女叫我一聲大嫂，我已經很委屈了，妳有什麼資格對我說教？」大嫂惱羞成怒，不小心就說出她的真心話。

「我當然知道妳覺得委屈，要不是看在大哥的份上，我這種私生女，根本連『大嫂』兩個字都不屑叫妳。」

包裡的手機鈴聲打斷了我們之間的爭吵。見是湯湯打來的，我接起，她在電話那頭說著，「剛帶飛黃騰達要過馬路的時候，被一台闖紅燈的車撞到了……」

「妳有沒有怎樣？飛黃騰達有沒有受傷？」我的心跳差點停了，大嫂也一愣。

「他們沒事，我們在醫院，剛剛警察來做筆錄，沒時間打給妳。」湯湯聲音聽起來不太對勁！飛黃騰達沒事的話，那可能是她有事。

「我馬上過去！」此時此刻，我多感謝自己腳上穿的不是高跟鞋。

大嫂也一同上了車，在我旁邊大呼小叫，「不就是接個小孩，怎麼會接到醫院去？我的飛黃騰達千萬不能有事啊！早知道我就自己去接了，果然不能隨便托付給別人……」

我氣得大吼，「妳給我閉嘴！不然就給我下車！」

大嫂瞪著我，氣呼呼地噤聲。

一到醫院，我們趕到急診室，就見飛黃騰達享受著護理人員的疼愛，有糖果吃，有iPad可以看巧虎，見我們趕來，開心地大喊，「姑姑！媽咪！」

大嫂朝他們跑了過去，緊緊抱住小孩，展現她血拚後的母愛。

我找著湯湯身影，見到她躺在一旁的病床上，額頭上包了繃帶，「嚴重嗎？」我很內疚。

湯湯笑著說：「一點都不嚴重，妳不要那個表情。」

我才不相信。跑去護理站問了護理人員，才知道湯湯為了護住飛黃騰達，被車子的後照鏡擦撞到頭，縫了六針。擔心會有腦震盪的情況，所以醫生要她躺下休息，晚一點才能離開。

六針！腦震盪！

三把火同時點燃，「肇事者呢？」我想問看看他媽沒有生眼睛給他，看不到紅綠燈嗎？

「在外面做筆錄。」護理人員一說完，我氣沖沖地走了出去，卻見到警察面前站著的竟是紅了眼睛的雷妮，還有剛罵過我的假繼子。

我先是一愣，但怒氣取代了我的驚訝。我走到他們旁邊，詢問警察，「我是湯海若小姐的朋友，目前的狀況是怎樣？」

雷妮和假繼子看到我也嚇了一跳，嘴巴可以塞進鳳梨的那種驚訝。

「雷小姐是新手駕駛，不熟悉車況，因為緊張不小心誤踩了油門，所以才會闖紅燈。不過湯小姐剛才表示，她要私下和解。」警察先生交代完狀況後就離開了。

我瞪著雷妮，見她慌張地躲到假繼子後面。「如果湯湯真的腦震盪，我就把妳也撞到腦震盪。」

她紅了眼眶，楚楚可憐地說：「人家又不是故意的！」

「如果妳是故意的，現在還有機會站在我面前呼吸嗎？不熟車況為什麼要開車上路？真的想要上路，妳自己安心去啊！為什麼要撞湯湯？妳到底有什麼毛病啊妳？」我氣得破口大罵。

假繼子擋到我面前，「我妹撞到湯小姐，我也覺得很抱歉，所有該付的責任，我們都不會閃躲，但妳不用這樣咄咄逼人吧。」

聽到「我妹」兩個字，我又一愣。這地球是有多小？雷妮是他妹，他又是彪哥的兒子，那就表示雷妮也是彪哥的女兒？

我不敢相信，「你乾妹妹？」我更不想相信。

「親妹妹。」他淡淡地說。

這下換我崩潰，我看了他兩秒，再看了雷妮兩秒。我什麼話都沒有說，也沒有什麼好說的，轉身回到急診室，坐在湯湯的病床上，發呆幾秒後，拿出手機打給彪哥，劈頭便問，「彪哥，你姓啥？」

「雷啊，我叫雷彪啊，妳不知道嗎？」

我掛斷電話，我只知道他叫彪哥。

「怎麼啦？」湯湯覺得我莫名奇妙。

我看著湯湯說：「撞到妳的那個雷妮，是彪哥的女兒。」好希望她的反應是跟我一樣崩潰，讓我知道自己不是孤單一個人。

但湯湯卻笑得很開心，一種緣分來得真是巧妙的感覺，「真的假的？既然是彪哥的女兒，那就算啦！反正我也沒有怎樣。但也太巧了吧！不過我覺得她確實有點面熟……」

對啊，比巧合還巧，滿滿的大巧合。

「她有來公司面試過。」我說。

湯湯的表情好驚訝，像是鬼門開看到鬼一樣，「天啊，我要起雞皮疙瘩了啦！」

如果我把跟雷妮的各種接觸和磨擦，還有和她哥哥的愛恨情仇全告訴湯湯，她何止起雞皮疙瘩，豬皮、狗皮，人工皮都會，但我實在懶得講了，光想到就累了。

湯湯突然驚呼，「不對啊，那 Rex 也是彪哥的兒子囉。」

「什麼瑞克思？我只聽過呂莉絲。」

「就是 Realgood 的總監啊！」湯湯興奮地拉著我說。

「什麼意思？」我整個人都糊塗了。當我開始認真在連族譜的時候，湯湯突然對著我身後揮手打招呼，喊著「Rex！」

我一回頭，看到假繼子和雷妮正朝我們的方向走了過來。

原來假繼子就是 Rex，就是要幫公司設計購物網站的 Realgood 媒體行銷的總監，就是彪哥的兒子；而跟我有一堆過節的雷妮，則是他的妹妹，也就是說他們全家都跟我不合——除了彪哥！

湯湯對著假繼子說：「Rex，你來了公司幾次，一直都沒有機會碰到，這位就是我們 weup 的執行長丁熒。」

假繼子狠狠地被嚇了一跳，沒想到吧，他心目中的婊子和詐騙集團居然是他的客戶呢。

人生最痛快的就是，看到你討厭的人吃癟跟吃屎。我也沒有那麼壞，看他吃癟就夠了。

一旁雷妮也驚呼，「哥，你也去過 weup？」假繼子緩緩點頭，一臉嚇到魂都不知道飛哪去的呆樣。

湯湯繼續介紹著說：「丁熒，這位是 Rex，雷愷。原本 Realgood 都是另一個黃先生在跟我聯絡，現在 Rex 從新加坡回來後，我們公司的案子全部由他負責。」

雷妮瞪大眼睛，用小聲但足以讓在距離兩公尺內的人全聽見的音量說：「天啊，哥，先前那個面試我的老女人就是她耶……」

湯湯些微地拉下了臉，對雷妮的話感到很不舒服。她擔心地看了我一眼，我握著湯湯的手表示不在意，雷愷也趕緊制止妹妹失言，把她扯到身後，向我道歉，「不好意思，我妹講話比較直接。」

可是，雷愷，你也不好到哪裡去。

雷妮悻悻然住嘴。我看著雷妮，終於明白她為什麼會是這樣的個性，不外乎就是彪哥和雷愷一起把她寵壞了，成了一個無憂無慮的小公主。所以她才會以為，她的天，就是全世界的天。

我冷冷地看著他倆，一句話都懶得說。湯湯這時又開口問：「對了！Rex，彪哥真的是你爸爸嗎？」

兄妹又同時一驚。雷愷看著湯湯，有默契地問：「妳也認識我爸？」

「對啊，因為丁熒的關係才會認識的。」

「太扯了吧！」雷妮看來需要收驚。

雷愷一臉複雜地看著我，「真的沒有想到妳會是weup的執行長。」

人生沒有想到的事多的是。

我也沒有想到自己竟然會在這樣的狀況下面對對方。我看著雷愷，帶著微笑，一字一句說得清清楚楚，「以執行長的身分，應該有資格當你的後媽了吧？」胸口那股氣，再不發洩一下，我都快為自己委屈死了。

嗄？湯湯和雷妮同時抬頭看著我。雷愷則是緊閉著嘴唇，脖子上的青筋浮了出來。希望他沒有遺傳到彪哥的高血壓。

湯湯回神先開口，「妳在講什麼？」

我用力握住她的手，她接收到我的暗示，沒再繼續說下去。

雷妮則是紅了眼眶，摀著嘴，好像下一秒就要哭出來。「我爸最近的戀愛對象居然是妳？」

我帶著微笑，「嗯，緣分真是太美妙了，瞧瞧我們繞了這麼大一圈，就是四個字：親上加親。」

雷妮的世界已經末日，對著我大吼，「我才不要妳當我後媽！」

「寶貝，妳不叫我後媽沒關係，我沒有那麼在意稱謂，我們可以從朋友做起啊，偶爾一起逛逛街、吃吃飯也行。」我用著當媽的語氣，像是在對飛黃騰達說話一樣對雷妮說。

但雷妮卻哭著跑了出去，雷愷也追了出去。

雷妮一定會後悔跑出去，室外的體感溫度少說也三十八度。我只跑過一次，當丁秋祝要結第四次婚的時候，我也曾像雷妮一樣，氣呼呼地跑走。但後來發現，現實是不管妳跑多遠，它都會在你身後發生，所以接下來的幾次，我都沒有再跑過，不如就回房間睡覺，對身體更好。

我有一種勝利的快感。

轉頭看著湯湯一臉好整以暇，在等待我的解釋，想要聽聽這糾葛的來龍去脈，於是我用最快的速度、最容易理解的方式，像在介紹公司產品一樣，把這陣子的事完完整整地介紹了一遍。

結束的時候，我喝掉她配藥的那杯水，說得我差點渴死。

湯湯趴在床上整整笑了五分鐘，很誇張。然後她抬頭對我說：「為了幫彪哥出口氣，妳會不會犧牲太大了？」

「一點也不會。妳忘了去年幫彪哥慶生，他還開心地說兒子可能會打電話回來，結果過了十二點，卻連一通電話也沒有。他女兒還跟朋友去夜唱，他一個人孤孤單單一臉要哭的樣子嗎？」那畫面太殘忍，我不敢回想。

湯湯點著頭思索，「我沒忘記，但我覺得 Rex 不太像是這樣的人，和他聊過幾次，我覺得他很客氣，也很為人著想。」

「因為妳是付錢的客人啊，跟老爸哪一樣？最喜歡折磨自己的，就是自己人啊！我們都是活生生、血淋淋的範例，妳忘了嗎？」

湯湯笑了出來。

突然飛黃騰達衝到了我面前，抱住了我腳，大剌剌地笑著，口水滴在我的裙子上。我捏著他們的臉問，「你們怎麼還在這裡？」我以為大嫂早就在我整理和雷家人的關係時，先帶他們回去了。

「不做個完整檢查，我怎麼安心讓他們回家？」大嫂的聲音從我身後響起。

我頓時好想 call out，問問全世界所有的小姑，她們大嫂講話的語氣，都這麼惹人厭嗎？

回頭看，就見大嫂走了過來，後頭跟著一臉不安，亦步亦趨的大哥。如果他扶著大嫂的手，我會喚他一聲「葉公公」，然後說一句「退下吧！我乏了」。

大哥見到湯湯，趕緊關心，「海若，妳還好嗎？真的很不好意思，還害妳受傷了。」

湯湯微笑著搖頭，「我很好，幸好飛黃騰達沒事。」

「要是有事，誰都賠不起！」大嫂一臉只有自己的小孩是寶，別人的命是草的嘴臉。

我忍不住光明正大地翻了白眼，冷冷回了一句，「要是怕有事，以後拜託妳自己顧緊緊。我們都是要工作才有飯吃的人，不是專屬司機跟保姆。」

「丁熒！」湯湯示意我不要再說下去。

我嬌貴又說不得的大嫂，臉馬上一臭。但我有一種雷妮上身的白目感在作祟，高潮不能被打斷，「我相信大嫂如果拿出和貴婦們血拚的敏銳度，別說車子闖紅燈，就算核彈丟過來，飛黃騰達肯定也會毫髮無傷。」

派婆婆媽媽去打仗，只要在敵軍背後放上特價品，馬上就贏了！

「妳現在是在酸我嗎？」咦，大嫂現在才聽出來？

我還想繼續回嘴，卻看到大哥一臉為難。就是這樣的表情，我才會一直退後，退到了我的底線之後。我不想讓大哥傷心，話吞了回去，轉過頭去，不想再回應。

但大嫂是戰鬥民族，指著我的臉破口大罵，「妳一個私生女，憑什麼酸我？」

大哥一驚，吼了大嫂的名字，「佳華！」

湯湯也氣到不行，「大嫂，妳有話好好講，需要用這麼難聽的詞嗎？」

「她有跟我好好講嗎？怎樣，仗著自己會賺一點錢，講話就大聲嗎？執行長是嗎？我呸，不過一間小公司而已，職稱這麼大，是想笑死人嗎？讓妳叫我一聲大嫂，我都嫌委屈。」大嫂對我的身世嗤之以鼻。

我自己何嘗不是，連父親叫什麼名字都不知道。

「那從今天起，就不委屈妳了。」我冷冷地說，站起來轉身看著大嫂，「謝佳華小姐，妳以為我就想叫妳一聲大嫂嗎？妳有認真的照顧過我哥、我姪子、我大爸嗎？要不是對妳還有期待，希望妳能多花一點時間陪他們，我何必熱臉貼冷屁股去討好妳……」

大哥走到我身邊拉著我，像雷愷扯著雷妮一樣，要我別再說。但我覺得今天就是那個最美好的一天，我們彼此都不要再委屈的那一天！「我知道妳看我不順眼，我對妳也很有意見，這樣剛好，從今天開始，我不是妳小姑，妳不是我大嫂，見了面也不用打招呼。」

多完美！

但大嫂卻突然衝到我面前來，生氣地推了我一下，「好啊！我倒想聽聽妳對我有什麼意見？我洗好耳朵等著聽！」

飛黃騰達被這樣大聲的爭吵，嚇得口裡的糖果掉了出來，兩人放聲大哭，整個急診室比幼稚園還吵。

大哥一手抱著一個安撫，拜託大嫂別再鬧。

「我哪裡鬧，是你妹先不尊重我。你現在是站在她那邊嗎？你是忘了我是你老婆嗎？好啊！離婚啊，嫁給你這種只會賺死薪水的老公，連兒子上個學都沒有錢，還得花時間照顧你老爸，我當初真的是瞎了眼才會跟你結婚！」大嫂邊說邊動手打大哥，像在教訓兒子一樣。

我氣得推開她，「瞎眼的是我哥好嗎？娶了妳以後，都不知道在過什麼生活，要離婚是不是？離啊，贍養費就算要我貸款，我都願意為我哥背債。」

「小熒，夠了！」大哥生氣地吼著我。

「大哥，你真的要繼續過這樣的日子嗎？」我也生氣地回嘴，大哥看著我沉默不語。

大嫂換上了得意的臉，「妳不是強？不是很會？我告訴妳，我就賭你哥一輩子不敢跟我離婚。」

我懶得理她的叫囂，我在乎的是大哥，多希望他可以為自己勇敢一點，解除那個寧願死守錯誤婚姻，也不願意離婚成為下一個丁秋祝的魔咒。

「哥！」我喚著大哥，但他低著頭，一句話也不說。

大嫂突然笑了出來，以勝利者的姿態轉身離開，臨走前不忘吼著大哥，「還不走？留在這裡幹嘛？不就是叫你幫忙接個小孩，你就惹出這麼多事？」

大哥看了我一眼後，再次亦步亦趨地跟了上去。

「葉世豪，你真的不在乎自己快不快樂嗎？」我在大哥身後喊著。

他愣了一下，但始終不肯回應我。我無言以對。

大嫂邊走出急診室邊數落著大哥，「以後不准你再跟這顆毒菇來往，我也不歡迎她來我們家！」而大哥一句話也不說。

我失望透頂，對大哥、對大嫂，對我曾經付出的這一切。

像是一則冷笑話。

他們離開後，空間頓時變得好安靜，我承受了所有急診室內的異樣眼光。湯湯不知道什麼時候站到我身邊，拍了拍我的肩，分攤掉了我的失落。她什麼也沒有說，我相信此刻她和我一樣無語。

醫生過來告訴我們，湯湯的傷沒問題，可以出院時，湯湯的男友阿澤也匆忙地趕到了，不放心地要求醫生多做一些檢查，有需要的話，順便連大腸鏡一起做……想當然除了被湯湯巴頭之外，並沒有任何人理會他。

我看著呂星澤心疼湯湯的表情覺得很抱歉，但呂星澤跟湯湯一樣，只是拍了拍我的肩，「沒事就好，妳不要想太多。」

我點了點頭，目送他接走了湯湯。

一個人站在急診室門口，我感到前所未有的心慌，所有情感的幻滅，原來就只是一秒的事。

登報斷絕兄妹關係好了！

正在這樣想的時候，有人從我身後喊了我的名字，「熒熒，妳還好嗎？」

不好。我討厭在我最脆弱的時候，碰到了我曾經想依賴的人。

回過頭，就見田松源一臉擔心的看著我，就像幾年前，我們相愛時候的樣子。每當我被親情困住時，他總會問一句，「妳還好嗎？」而我會靠在他的胸前摩蹭，撒嬌地說不好不好不好……我懷念起他擁抱我的溫度。

幾乎有一度，我想要朝他奔去。

但，我想起了他有了新女友。

止步，永遠都比向前衝還要難。

Chapter 6

我對著田松源微笑，緩緩退了三步，保持著固定的距離。

「妳看起來臉色不太好。」田松源突然跨過了那個距離，走到我面前，伸手想摸我的臉。

我嚇了一跳，不自然地躲開。「我沒事，你怎麼會在這裡？」

「嗯，朋友出了點事，過來看看。」他說著，然後緊盯著我繼續說，「大哥……好像還是老樣子？」

我一愣，難道剛剛那則冷笑話，他也聽到了？我看著他的表情，他好像覺得不太好笑。

「大家都是老樣子。」我說。當初我和他交往時，大哥和大嫂剛結婚不久，就這樣吵吵鬧鬧了。

「委屈妳了。」

我笑了笑，「還好啦，習慣了。」

「最近好嗎？」他問。

「還可以。」我回。

他抬頭直盯著我，目光些微複雜，那視線的力道，不知道是想看穿我的大腦，還是小腦。我並不覺得浪漫，只覺得尷尬，「怎麼了嗎？」

他搖了搖頭笑著說：「我曾經想過如果再遇見妳，會是什麼樣子？但沒有想到會是現在這麼尷尬的情況。」

「你也感覺到了？」不小心就把心裡的話也說了出來。

田松源笑了出來，點點頭，「我們應該還能當朋友吧？」

看著他這麼自然輕鬆地面對我，我忍不住開口問：「你不怪我嗎？」我可是個不知好歹的女人，敢拒絕嫁進堂堂田氏企業當貴婦的機會，重點是我還害他傷心、失望、遠走他鄉。

他看著我，過了很久才說：「一開始是怪的，覺得自己到底是哪裡不好，讓妳無法託付終身。我剛到日本的時候，每天都在恨妳，但日子一天天過去，我發現該怪的東西叫時機。我們太早相愛了，如果是現在再遇到，或許一切都會不一樣。」

我重重地吐了口氣，坐到了一旁的長椅上，他笑著坐到我旁邊來，開玩笑地說：「怎麼了，是我說的太好了嗎？」

我看著他，「謝謝你。」

時間或許會帶走一切，但有些埋在心裡的罪惡感，卻從未和時間一起消失。我是一個很敢拒絕別人，卻很難拒絕自己人的人，因為有情、有愛，我捨不得身邊的人受傷。

那天，田松源失落離開的背影，一直刻在我的心上，現在總算消失了。

「謝什麼，我也要謝謝妳，讓我變得不一樣。」他暖暖地對我笑著，然後張開他的雙臂，「還是朋友吧！」

我點了點頭，沒和他擁抱，只是伸手握了他的手，「嗯。」

和有另一半的異性保持距離，是對所有人的尊重。

接著，我們坐在醫院外的椅子上聊了好久，聊了彼此的工作，知道他接手了家裡的事業，底下的老員工喜歡刁難他。田爸退休後，在台東建置了個牧場，與動物們作伴，不再插手事業。

田松源笑了笑，突然問：「最近沒有交男朋友？」

「懶了。」反正也不想結婚，每天處理工作、家人，都快應付不了，男友都被我放到有跟沒有一樣。

「別這樣，還是要找個人好好照顧妳。」

「我可以照顧我自己。」

他伸手揉了揉我的頭，那表情跟動作真的是太犯規了。

「紅牌一張。」我說。他一臉疑惑，我繼續說：「你有女朋友了，不可以這樣。」

他馬上移開手，「哇，妳也太嚴格了吧！教官嗎？」

我笑了出來，他也笑了。我沒有什麼和前男友變成朋友的經驗，通常都是老死不再往來。過去就讓它過去，我是個很少回味往事的人，但田松源例外，因為我曾經真的很愛他。

走出醫院時，已經天黑了，一天又這麼過了。和田松源講好了再找時間吃飯後，我們便各自解散。

他在幫我關上車門時補了一句，「有事打給我，不要自己一個人憋著。」

我微笑點頭，應了聲好。好的意思是我收到了他的好意，可是我並不會這麼做。

總是覺得，人生就是為自己上一堂孤單的課。到頭來，你會明白，所有的磨練和挫折，都是要你學會自己一個人好好生活。

但有人了解自己，還是好的。

回到家後，我舒舒服服地洗了個澡，然後坐到書桌前，滑開手機，裡頭有小妃貼給我的待辦工作事項清單。我開始回覆 e-mail 和訊息群組，再關心一下湯湯的狀況，忙到能喘口氣，已經晚上十點了。

在掙扎該叫外送或煮泡麵時，有人按了我的門鈴。

我疑惑著開門，是彪哥和嚴華阿姨。看到他們站在一起的畫面，我的嘴角就藏不住笑意，望著彪哥說：「怎麼來了？也不先說一聲，我冰箱只有酒耶。」對嚴華阿姨多不好意思。

「不要緊的，我也喝酒。」嚴華阿姨真的好上道。

彪哥笑著說：「我們剛從北投騎車回來，看到妳的車在，就直接上來了。我買了妳愛吃的東山鴨頭。」

我開心地接過，問了最重要的問題，「有沒有加辣？」

彪哥沒好氣地看著我說：「有，還加很辣。」

我開心地請他們進來坐，彪哥跟在我身後，手上還提了一堆東西。

「都買了什麼啊？」我忍不住問。

「很多啊，什麼都想買回來給妳吃。妳拿些去公司分給小若和茉莉，其他的幫我拿給阿豪和阿龍，我有買飛黃騰達愛吃的黑糖糕。」

「我不要。」

「又吵架了？」彪哥問。

「是大嫂又白目了好嘛！」我沒好氣地說。

「她白目又不是第一天，別理她就好。」

「我何止不想理她，我連葉世豪都懶得理！」我幫他和嚴華阿姨倒了水。

嚴華阿姨愣了一下，喃喃地說：「葉世豪……」

我和彪哥對看了一眼，再望向嚴華阿姨，「怎麼了，阿姨也認識我哥嗎？」我好奇地問。

嚴華阿姨笑了笑，搖著頭說，「不認識，只是名字有點耳熟。」

「耳熟正常的，全台灣叫世豪的人少說有八萬個。」我隨便講講的。

「也是。」嚴華阿姨懂我的幽默。

「哪有八萬人那麼多啦！」但彪哥不懂，明明我們都稱兄道弟兩年了。

我忍不住對他翻了記白眼。嚴華阿姨笑了出來，抬頭問著我，「小熒，不好意思，方便跟妳借個洗手間嗎？」

「當然方便，在那扇白色的門後面。」我向嚴華阿姨指示廁所的位置。

她一離開，我馬上問彪哥，「你兒子這兩天真的沒有跟你說過什麼嗎？」

彪哥一臉疑惑加落寞，「沒有啊！他都關在房間裡面工作，我們連頓飯都沒辦法坐下來一起吃。」

「他沒問你女朋友的事？」

「沒有啊，我也沒有跟他說什麼。怪了，妳這幾天怎麼那麼不對勁，老是問些我聽不懂的問題，下午還打來問我姓什麼！」

說到這個，我火氣就上來，忍不住念著，「彪哥，你是怎麼教女兒的啊？」

「嗄？」彪哥被我搞糊塗了。

「算了，當我沒有問。」我對打小報告沒有什麼興趣。

「妳幹嘛說話說到一半……」彪哥出聲抗議。

我提醒他，「你不接一下電話嗎？都震了那麼久。」

「有嗎？」彪哥急忙從背包裡找出手機。

一看是女兒打來的，彪哥趕緊接起，結果不小心按到擴音鍵。雷妮的聲音跟雷公差不多，她可以去演雷神索爾，技能就是說話跟打雷一樣，「爸！你在哪裡？為什麼一直不接電話？」

彪哥慌張地說：「對不起，我手機調成震動，沒有注意到。」語氣畢恭畢敬，好像女兒是他的長官一樣。

「你是不是跟那個女人在一起？」雷妮質問。

彪哥一臉心虛，臉上浮現「女兒怎麼知道」的表情。

耳力還不算差的我，聽到洗手間的開門聲，直接搶過手機，關掉擴音，走到外面陽台，幫彪哥回應這個棘手的問題。「是啊，怎麼啦？」我對著雷妮說。

電話那頭先是一愣，接下來出現的是大叫，「妳怎麼那麼不要臉啊？妳幾歲、我爸幾歲？妳根本就是想欺騙我爸的感情！」

「我三十三，彪哥七十，相愛不分年齡。」我說。

「妳怎麼那麼噁心！」

「哪裡噁心？」

「全部，妳的臉、妳的心，都噁心。」

「謝謝指教。」

「我警告妳，馬上跟我爸分手，不然我就 po 上網，說 weup 的執行長欺騙老男人的感情。」雷妮威脅我。

「好啊，然後妳也會一起出名，全台灣都會知道，妳就是那個老男人的女兒。」這人傻傻的。

雷妮又一愣。我相信她現在一定慌亂到詞窮，突然覺得，那篇評論不像是雷妮留的，她比我想像的單純太多了。

「妳這個瘋女人，我絕對不贊成我爸談戀愛。」

「妳憑什麼阻止妳爸得到幸福？」

「關妳屁事。」

「如果妳跟我保證，就算以後妳有了自己的家庭，還會帶著妳爸一起生活，每天陪著他，照顧他到死，我就跟彪哥分手。如果妳做不到，那妳有什麼資格不允許別人陪他？」

「因為我是他女兒。」

「那妳有像一個女兒的樣子嗎？妳知道彪哥星期幾去做復建？幾個月複診一次？他喜

歡吃什麼？他喜歡做什麼？他最在乎的人是誰嗎？」

「妳就知道嗎？」她冷哼。

「五十肩星期二、五做復建；高血壓兩個月複診一次；他最喜歡吃妳們家巷口出來的陽春麵，喜歡自己下棋、在頂樓養他的花草，無聊會騎重機兜風，最在乎的人，就是妳跟妳哥。」

「知道這些又有什麼了不起。」雷妮繼續冷哼。

「滿了不起的，因為我比妳有心。」我實話實說。

「我不想聽妳廢話，妳叫我爸馬上回來就對了！」

雷妮氣勢凌人，我只好挫挫她的銳氣。「才不要咧。」

我直接掛了電話，走進客廳，把電話還給彪哥，他看起來一頭霧水。

「我女兒說了什麼？」

「沒說什麼，叫你早點回家休息。」

此時嚴華阿姨也正好從洗手間出來，對彪哥說：「那我們早點回去吧！」

在我送走還搞不清楚狀況的彪哥之前，特地問了他一句，「你今天的高血壓藥有按時吃嗎？」

彪哥點頭，我拍了拍他的肩，小聲地對他說：「我先在這裡跟你道歉。」等下回家，他的日子應該不會太好過。彪哥一愣，我繼續說，「如果你被趕出來，還能住我家，我去接你。」

「嗄？」彪哥想搞清楚狀況，但計程車已經來了。我推著他上車，和嚴華阿姨互道再見，送走了兩人。希望彪哥一切安好。

但一進家門，又接到小元的電話。

「丁姊丁姊！」他聲音又著急地傳了過來。

「又要幹嘛？」

「之龍哥又喝醉了，他跟客人吵架，我們都拉不動他。」

「那就別拉。」

「丁姊！」小元哀怨。

「叫丁娘也沒有用，他愛吵就讓他去吵。」

電話那頭傳來碰撞聲，「丁姊，妳快來啦，他們打起來了！」小元在慌亂中掛掉電話，我坐在沙發上繼續吃著東山鴨頭，然後十秒鐘後丟下竹籤，拿起鑰匙衝出門。

真想對自己說一句，「他媽的，丁熒，妳就是自作孽不可活。」

到了 Iceland 門口，就看到一群人圍在那裡，我衝過去，看到鄭之龍躺在地上，坐在他身上的阿 Ben 正要出手給他一拳。我直接脫了鞋就往阿 Ben 丟去，砸中他的頭，他轉頭惡狠狠地瞪著我，笑著說：「啊，淫婦來了！」

我面無表情走了過去，推開阿 Ben，踢了幾下鄭之龍，但他動也不動，看來不是昏過去，而是醉到睡著，畢竟他從來就不是一個會被壓著打的人。我轉身拉回被阿 Ben 朋友架住的小元和工讀生，對著小元說：「今天先關店，你們早點下班。」

小元看著阿 Ben 人多勢眾，擔心地問：「丁姊，妳自己可以嗎？」

「有什麼不可以？我不信他們敢光明正大打我。」我推著小元離開，「去去去，忙你們的。」小元遲疑了一會，才和工讀生回到店裡。

我看著阿 Ben，覺得他怎麼那麼煩，「你無不無聊？」

「來喝個酒，沒想到姦夫竟然是老闆，剛好碰到，討一下妳那天打我的債，不過分吧？」

「你有病嗎？妄想症是不是？劇情都是你自己在編，神經病，我到底什麼時候說過，他是我男朋友？」

鄭之龍好死不死，一個翻身抱住我的腳踝，喊了一聲寶貝，正中阿 Ben 下懷，「還說不是。」

我的眼角瞄到雷愷混在圍觀的人群裡，冷冷看了我一眼後轉身離開。我真是跳下玉山都洗不清，但他也沒有重要到，讓我願意為了他跳玉山就是了。

我走回車上，拿了我的身分證，再從鄭之龍身上搜出了錢包，拿了他的身分證，遞到阿 Ben 的眼前，「看一下母親那一欄。」

「都是丁秋祝啊，那又怎樣？」阿 Ben 不以為意地說。

「你有沒有腦？你是怎麼拿到現在這個工作的？」我火大地問。

阿 Ben 這才回神，「所以你們是兄妹？」

我抽回他手上的身分證，走向旁邊一個熱心拿著手機錄完全程的路人，「小姐，不好意思，這段影片麻煩妳賣給我，我打算告那個人毀謗。」

「可是我想 po 上『爆料公社』耶，一定有很多人按讚。」地方的辣妹很需要網友的讚數。

一旁也有錄影的先生，熱心地對我說：「小姐，我有錄到前面，可以給妳用。」路人都是證人，手機都是證據，這是一個全民抓犯人的時代。

我感激地向他道謝。阿 Ben 慌了，急著說：「妳為什麼不解釋，我就不會誤會妳了。」

「那你為什麼要隨便誤會我，那天你有給我時間解釋嗎？」我記得那天，我連口還沒有開，就直接被他罵了。

阿 Ben 一愣，繼續說著，「丁熒，我們有話好好說，不需要對簿公堂吧？」

「需要。」因為有人需要被教訓。

阿 Ben 和我盧了很久，但我的態度一直很強硬，他惱羞成怒轉頭帶著他那些豬朋狗友走人。

路人先生走到我的面前，「小姐，還需要影片嗎？」

我搖了搖頭，「不用了，謝謝你。」我其實一點都不想告阿 Ben，我哪裡來的時間跟他耗，只是想嚇唬他而已。

沒戲看了，人潮散去，小元也正好拉上鐵門，轉身問我，「丁姊，需要幫妳扶之龍哥上車嗎？」

我搖頭，他不放心地再問：「真的不用嗎？」

「對，你們回去吧，不好意思，這幾天辛苦你們了。」有這麼不懂事的老闆，真是可憐。

小元離開後，我從路旁撿了張報紙蓋在鄭之龍身上，轉身上車離開。這是我身為妹妹，給哥哥的最後一點善意。

我連錢包也幫他收好好，靜靜躺在我的衣櫃裡。

隔天一早，不到六點，我就被鄭之龍的敲門聲吵醒。

「幹嘛啦！」生氣地打開房門，見他頂著一頭亂髮，身上衣服濕了大半，狼狽地瞪著我。

「妳有沒有良心啊，居然把我丟在路邊。」

「有啊，我還幫你蓋了一張報紙耶。」

「媽的，外面下雨耶。」

「剛好啊，看你會不會腦子清醒一點。」

「妳真的很過分。」

「有你對 Maggie 過分嗎？你要每天醉生夢死，逃避到什麼時候？」一說到這個話題，鄭之龍馬上轉身，摀進耳朵，想要逃回他的房間。我對著他的背影大吼，「叫我幫你訂花，也不去看她，你欠她一個道歉，不打算去還嗎？」

砰！鄭之龍竟敢對著我摔門。還是摔我家的門。

我氣得再次大吼，「你再不去，我就改大門密碼！」

門裡傳出音樂聲，蓋過了我的怒吼。好，我們走著瞧！

我躺回床上卻睡不著，別人的哥哥那麼疼妹妹，我的哥哥卻只會糟蹋妹妹，真的是……好想喝酒。

但我不能喝，喝了今天就結束了。

我賴了一下床，起身換裝。還是工作最好，至少被它糟蹋還有錢拿。換好衣服，我走到鄭之龍房門狠狠地踢了一下，才甘願出門。

到公司才早上七點，阿紫奶奶站在門口做體操，穿著一套紫色合身韻律服，頭上綁著紫色運動頭巾……本來更不好的心情，看到她穿這樣更加糟糕。

「丁熒，早安啊。」

我眼神飄到一旁去，「早。」

「打招呼為什麼不看人？」阿紫奶奶抱怨。

我嘆了口氣，「因為很不舒服。」

「妳宿醉？」

「對，我全家宿醉。」我轉身要上樓。

阿紫奶奶對著我的背影喊著，「那妳要不要來杯符水？」

「不用了，妳自己多喝點。」我喃喃回應，覺得人生好難。

坐到位置上準備開始工作，手機便收到了丁秋祝的訊息：媽找妳那麼多次，為什麼不回電？

就不想回啊，還有什麼好問的。

打開電腦，點進 FB，就看到大嫂的的 FB 動態上，貼了一張把我送給飛黃騰達東西全丟掉的照片，還寫了一句：「清理門戶，真爽。」那一大箱東西裡頭，還有那天我送給大爸的保健食品。

我氣得發抖，本想撥電話過去大罵一頓，但最後選擇退出。罵有什麼用？我刪掉了大嫂的 FB 好友。這是大哥選的人生，不是我的。

深呼吸了口氣後，我又打開公司的粉絲專頁。那則一星評論底下，全是支持公司的言論「你一定是沒有穿過吧」、「明明就 CP 值超高」、「穿過 weup 的內衣，就穿不了其他家的」、「留這言根本就是人身攻擊，執行長快吉」、「酸民無處不在」……

還是工作好，至少會給你成就感，不是背叛感。

原本冷清的辦公室很快就熱鬧了起來，我喜歡聽見這樣的聲音。突然正美的聲音從我頭上傳來，「丁姊，喝咖啡。」

我抬頭看到了她的笑臉，聞到了咖啡香，「謝謝。」見她支吾的樣子，我忍不住問：「還有什麼事嗎？」

正美猶豫了一會後才說：「我想那則評論一定是妮妮寫的。她一向作事衝動，希望丁姊不要怪她，我可以叫她把那則評論刪掉。」

「不用刪啊。」我說。

刪了底下那些支持就不見了，多難得的行銷，傳說中的危機就是轉機。

正美以為我在客氣，繼續說著，「丁姊，我和妮妮是很好的朋友，我叫她刪，她一定會刪的。」

我好奇地看了一眼正美，「你們真的是很好的朋友？」

她用力點頭，「我們從高中就同班到現在，妮妮她就是脾氣不好，還有點公主病，都是被爸爸跟哥哥寵壞了……」說到一半，她突然看著我身後一愣，露出心虛的表情。我回頭一看，那個寵壞雷妮的哥哥正和另一個同事走了進來。

我和雷愷四目相接，一秒鐘後，我們的眼神分開，他去找湯湯，我則是看著正美說：「我以為好朋友是會講義氣的，而不是在背後說她是非，更何況現在根本沒有證據證明這一定是雷妮做的。」

正美臉色一斂，向我道歉，「丁姊，對不起。」

「我覺得妳該道歉的人，應該是雷妮。去工作吧！負評的事不用擔心，我會處理。」

看著正美面無表情地回到她的位置上，我多希望好好的一個女孩子，不要歪掉。

沒有人想當一輩子綠葉，但要想當朵花，也得靠自己努力，而那個努力不代表，去折斷另一支花。

「丁熒，妳現在時間方便嗎？」湯湯坐在會議桌前問我。

我點了點頭，走了過去。

「我希望妳可以一起開個會，我怕自己會有想不夠仔細的地方，多個人多個意見。」湯湯說著。我拉了椅子，坐到她旁邊。

雷愷介紹他為我們網站初步設計的相關購物功能，比如常見的許多側邊購物車按鈕，它代表的顏色、圖案都有可能影響消費者的心情，甚至連商品飛進購物車的小動畫，都有可能會增加業績。

湯湯說的沒有錯，他真的很專業，而且很好溝通，無論我提出什麼問題或要求，都可以馬上得到答案和解決。

兩個小時的會議，很快就結束了。

「那我就照今天定調的內容下去做。」雷愷說。我和湯湯點了點頭。他抬頭問著湯湯，「湯小姐，今天需要送妳去醫院換藥嗎？」

湯湯急忙拒絕，「不用了啦，我自己去也行的，你不必太在意。」

「不管怎樣，都是我妹妹才害妳受傷。」

「真的不用啦！」

懶得再聽兩個人客氣來客氣去，我起身回去工作時，雷愷又叫住了我，「丁小姐，方便借點時間嗎？」

我看著他，不知道他想要幹嘛。

於是我們來到了培秀姊的店裡。

阿紫奶奶超會算時間地出現，走到我們旁邊，用力看雷愷，笑得闔不攏嘴。「丁熒，這你朋友？體格不錯耶。」她突然伸手捏了雷愷的手臂，害他嚇了一大跳。

我急忙制止，「阿紫奶奶，妳在幹嘛？」

「我想按看看是不是真的啊！年輕人，你有沒有女朋友？有沒有興趣來聯誼？你一定會很暢銷的！」阿紫奶奶步步逼近，雷愷則一步步退後，我直接走過去擋在雷愷面前，培秀姊見狀，趕緊過來幫忙拉走阿紫奶奶。

「年輕人，我可以不用收你費用！你考慮一下！」阿紫奶奶的聲音，迴盪在整間咖啡店裡。

我率先拉開椅子坐下，雷愷也一臉驚魂未定地坐在我面前。「阿紫奶奶是這棟樓的房東，行為是奇怪了一點，但人很好。」我怕他告阿紫奶奶性騷擾，只好從旁說點好話。

雷愷點了點頭，清了清喉嚨對我說：「不想佔用妳太多時間，我就直接說了。我們都是經營公司的人，知道公歸公、私歸私，我想我們不會因為私事就影響公事，做事公私分明……」

不是說要直接說？你在繞什麼路啊，嫌人生還不夠長嗎？

「講重點。」我說。

「……之前誤會妳是詐騙集團的事，我向妳道歉，對不起。」他突然嚴肅地向我道歉，反而是我嚇了一跳。

「我接受你的道歉。」我這人最喜歡給人家臺階下了。

他繼續說：「如果妳要跟我爸在一起，請妳不要再劈腿。」

我笑了笑，「所以你能接受我和彪哥談戀愛？」

「但我真的沒辦法叫妳小媽。」他一臉認真，認真到我想捏住他的臉，咕嘰咕嘰，多可愛！

「可是你妹非常討厭我。」

「那是妳要處理的問題，不是我。」

我點了點頭，他說的沒有錯。我看著他忍不住好奇地問：「我感覺你很關心彪哥，但你為什麼老是對彪哥這麼冷漠？」

「我有嗎？」

「沒有嗎？之前你在國外，老是不打電話回家，要不就是講了兩句就掛掉。你難道不知道彪哥很掛念你嗎？為什麼改班機也不先說一聲，回到台灣也不先回家，只顧和妹妹跟她男友一起去吃飯，你知道那天彪哥買了一堆你愛吃的海鮮，等你回家煮火鍋嗎？」

雷愷一臉委屈加震驚，「可是每次我打電話回去，我爸都叫我少打一些電話，說國際電話費很貴。改班機的事我只跟妹妹說，是因為我不知道爸會來接我，而且我一到台灣就先趕去公司，了解你們公司的案子，希望盡快進入狀況，哪有時間去吃飯？如果我知道我爸買了海鮮，我就會回家吃了。」

男人之間的愛，多麼千迴百轉。

「……重點是，我跟妳解釋那麼多幹嘛？」雷愷一臉受不了自己。

我聳了聳肩，「真的，你應該要跟彪哥解釋的，你們真的是父子，明明很愛對方，又不會表達。」

「有什麼好表達的，不都知道嗎？」

我忍不住嘖了一聲，「不說誰會知道？你以為每個人都開天眼，還是有靈異體質嗎？」這是男人的狂妄，以為愛不用說，對方就能感應得到。我想，要能和他相愛的人，除了仙姑恐怕也沒有別人了。

算了，看在他還願意跟我說這麼多的份上，而且我也有對不起他的地方，我開口對他說：「好吧！那我也因為誤會你是不孝子的事，向你道歉……」還有，騙你我是未來小媽的事。

但正當我要開口道歉時，他的手機響了，螢幕顯示「爸爸」。

他接起電話，「爸，怎麼了？」下一秒，他換上了慌張的神情，「你說什麼？我馬上回去。」

他掛掉電話，急忙要走，我拉住了他問：「發生什麼事？」

雷愷回頭說：「我妹離家出走了！」然後掙開我的手跑走。

我趕緊跟了上去。我想，雷妮會這麼做，都是因為我的關係。

坐上雷愷的車，我和他一同到了彪哥家。

彪哥看到我們一起出現，嚇了一跳，「你們怎麼會一起來？」

說來話長，現在不是說這個的時候。

雷愷衝進雷妮的房間，看到她的書桌上留了一張紙條，上面寫著：爸如果不跟那女人分手，我就不回家。

彪哥站在我們身後，一臉歉疚地說：「昨天我回到家，敲她房門，她都不理我。剛才她沒頭沒腦地跑來我房間，要我不准談戀愛，要我趕快分手。我想好好跟她談，但她說她不想聽……」

雷愷打開雷妮的衣櫥，裡面明顯少了不少衣服。他拿出手機正要撥出去，剛好有電話打進來。他接了起來，馬上問了一句，「妮妮是不是去找你了？」接著，他的表情放鬆，「好，那就麻煩你了，我等等過去接她。」

彪哥著急地問，「妮妮去哪了？」

「去她男朋友家了，我去接她。」雷愷說完，轉身要走。

我又再伸手拉住了他，「我跟你去。」

雷愷冷冷地說：「不需要。」然後用力甩開了我的手。我重心不穩差點跌倒。

彪哥急忙伸手穩住我，生氣地喊，「雷愷！」

雷愷也憤怒地回應，「爸，要不是你跟她談戀愛，妮妮怎麼會承受不了，離家出走？我從來沒有反對你再找第二春，但你能不能選個適當的人……」

彪哥開口打斷，「你到底在講什麼？」

「我說什麼你不懂嗎？」

「不懂啊，所以我才問你嘛！」

「你自己做的事，自己不知道？」

父子倆吵得不可開交，但吵架都沒有吵到重點。我站到他們中間，一手摀住一個人的嘴。「給我十分鐘解釋這一切。」

他們看著我一愣。

在他們閉嘴後，我把事情的前因後果完整交代了一次。見他們從剛剛的不合到現在表情一致、一致驚呆，我確定，他們是同一國的。

「丁熒！妳真是個瘋子，這種玩笑也開。」雷愷氣得對我大吼。

「對不起。」我真心誠意道歉，我並沒有想到事情會這樣發展。

「小熒，妳這樣做真的很不應該。」這是彪哥第一次對我大聲。

「彪哥，對不起。」解釋所有的事，已經夠累了，但做錯就是做錯，我沒有必要再為自己的錯誤多解釋什麼。

「我和你去找雷妮，我親自跟她說。」我看著雷愷，他氣呼呼地轉身走人。我又對彪哥說：「我會好好跟雷妮說清楚，還你一個女兒。」

彪哥轉過頭，氣得不想看我。

我終於體會到，什麼叫眾叛親離。但這是我自己造成的，不能怪別人。

去找雷妮的路上，我和雷愷一句話也沒有說。我們一起來到一棟高級公寓大樓，雷愷按了門鈴，我做好可能要被雷妮酸的心理準備，卻沒有想到來開門的人竟是田松源。

我愣了一下……這麼說來，我前男友的現任女友，就是雷妮。

我想哭，但更想大笑。

田松源看到是我也嚇了一跳，「熒熒？」

雷愷見我們認識，也一臉疑惑。

我尷尬地對田松源笑了笑，「方便進去嗎？我想找雷妮。」

田松源更是驚訝，「妳找妮妮？」

我點了點頭。

雷妮從裡頭走了出來，怒氣沖沖地瞪著我，「妳來幹嘛？我不想看到妳。」她轉身要進去時，我趕緊告訴她，「和彪哥談戀愛那件事是騙妳的。」

她驚訝地回頭，「妳說什麼？」

於是我站在門口，把剛剛跟他們父子倆說過的話，再重說了一次。但話才說完，雷妮就拿起了玄關的花瓶，迅速地抽出花，將裡頭的水往我身上潑，「妳真的很過分，怎麼可以拿這種事來開玩笑？」

雷愷和田松源同時大喊，「妮妮！」

田松源搶走了她手上的花瓶，想拉我進屋裡去梳洗，「快進屋，我拿毛巾給妳！」但雷妮生氣地把他拖到一邊，對著田松源大吼，「你幹嘛隨便牽別的女生的手？」

我不想再害誰吵架了。我對田松源說：「不用了，謝謝你，我回去換衣服就好。」然後轉頭向著雷妮說：「我沒有欠妳了。」

我濕淋淋地離開。

雷愷跟在我身後，以一種同情的語氣說：「我送妳吧。」

我沒有理他，攔了計程車上車，說了我家的地址。回到家後，洗了個澡，換上乾淨的衣服，躺在床上，就這樣睡著了。

好希望就這樣一睡不醒，可以不用面對那些發生過的事。

但我還是醒來了，一睜開眼，便看到湯湯的臉。

「妳怎麼來了？」我無力地坐了起身。

「妳躺著，妳在發燒。」湯湯幫我調好枕頭位置，讓我再次躺下，然後她躺到我旁邊，淡淡地跟我說：「剛剛彪哥打給我，抱怨我為什麼沒有阻止妳開這種玩笑。」

我苦笑，又連累到了湯湯。

她突然轉身摟住我，「丁熒，妳不要再為別人做這麼多事了，夠了。」

下一秒，我的眼角滑下了淚水。

好想告訴湯湯，「他們不是別人，他們是我愛的人。」但現在的我沒有力氣說這些。

我昏睡了過去，一連睡了三天。

再次醒來時，茉莉正在廚房裡幫我熬著粥。她生氣地邊噴口水進去，邊攪動湯勺，「為什麼妳不早點跟我說這件事？要不是昨天逼問湯湯，我都不知道妳受了這麼多委屈！」

我坐在餐桌前喝著牛奶，「哪有什麼委屈？」

「妳不委屈？」茉莉驚呼，拿著湯勺從流理臺衝過來，「妳是不是沒有感受神經啊？為妳大哥做了這麼多，結果人家還是向著老婆；想請二哥幫忙照顧妳，結果他不見人影；為彪哥出口氣，結果人家把氣出在妳身上，妳還不委屈？」

「是我自己把玩笑開大了。」

「那又怎樣？要不是妳當壞人，他們哪能知道親情多甜蜜。我早上還聽正美說，彪哥昨天跟兒女吃飯，一家和樂多開心，雷妮狂打卡炫親情，結果妳呢？妳得到什麼？感冒！還有做不完的工作。」

看著茉莉為我氣呼呼的樣子，心好暖。

就算全世界的人都討厭我，只要茉莉和湯湯愛我就夠了。我想起要送給茉莉的生日禮物，起身走回房間。

「妳幹嘛？粥都還沒吃呢？去哪？我知道妳不喜歡我念妳，但是我真的很氣啊……」

我從房裡拿了包包出來，遞給茉莉，「生日快樂！」

她愣了一下，拿出包包，眼淚也掉了下來，「妳幹嘛這樣啦？這很貴耶，妳幹嘛亂花錢！」

「送妳的就不是亂花錢。」我笑著說。

茉莉感動地伸手抱住了我，「妳如果拿對別人的好，來對妳自己，那就不會有偏頭痛、胃食道逆流這些有的沒有的病了。」

「我最大的病就是犯賤。」我的病情，自己清楚。

但從現在開始，這病，我得要想辦法讓它痊癒了。

所有的對待，哪一件不是吃力不討好。

Chapter 7

偶爾生病一下，還是好的，才能真正的休息。

然後，你會發現一個事實——

自己並沒有想像的重要，很多以為非自己不可的事，其實都有人能做，甚至做得比你更好。就像我幾天沒進公司，卻發現公司還是一樣在運轉，小妃皮蹦得很緊，以前害怕面對的客訴，現在也能處理得很好。

我坐在椅子上，看著大家各司其職。

「妳在幹嘛，還有哪裡不舒服嗎？」茉莉拿了上星期的百貨業績表放到我桌上，意思是工作很多，妳如果沒有哪裡痛，就快點忙起來！

我淡淡地看了一眼，說了一句，「好想退休。」

「神經！」她轉身就走。

我嘆了口氣，發了一早神經，也是該面對現實了。這時，正美突然走到我的面前，端了杯溫牛奶給我，「丁姊，喝點牛奶，會比較舒服。」

「謝謝。」

然後，她又在我面前支吾徘徊。

「還有事嗎？」我問。

她看了我一眼，不安地說：「那天……丁姊說的話，我回家有好好檢討。是我不對，以後不會再這樣了。」

我愣了一下，思索著她在說哪件事，想了快十秒才想起，原來是一星負評的事，「嗯，沒事就回去工作吧！」我給了她一個微笑。

「丁姊，我新人訓練的課上得差不多，想先到設計部，跟泰哥學認識布料和產品製程，可以嗎？」

正美一臉真摯，但我很掙扎。對我來說，設計才是公司的核心，所有的助理裡，只有阿泰簽了保密條約，現在正是新產品設計和開發的階段，絕對不能有什麼閃失。我正想要拒絕，一旁聽到這段對話的阿泰，一臉哀怨地看向我，「丁姊，我和湯姊真的要忙死了！如果正美可以來幫忙，那就最好了。」

湯湯要盯購物網站設計進度，還要開發新產品，整個蠟燭兩頭燒。我總不能讓她燃燒自己照亮 weup！「好，不過正美需要先簽保密條約。妳去找茉莉處理合約問題，明天開始支援設計部。」

「謝謝丁姊，我會好好學的。」正美興奮地跑向阿泰，她的開朗跟我這個厭世人成了對比。

我有氣無力地回到工作，辦公室裡電話響起。先是茉莉接的，說了一句「她不在」後掛掉。但電話再度響起，茉莉又說了一次「她不在」，掛掉電話幾秒又響起……重複了好幾次，不停掛掉後又響起。我抬起頭看向茉莉，她也看著我，再對著電話那頭說了一句，「她不在……」

我大概知道這個打了十幾通的瘋子是誰了。

電話再次響起，這一次我比茉莉更早接起電話。話都還沒有說，電話那頭已經劈頭開罵，「我告訴你們，說一百次她不在，我就會打一百零一次，打到丁熒接到為止，我有的是時間跟你們耗。」

丁秋祝，真不配當一個媽媽。

「妳要幹嘛？」我聲音很冷。

電話那頭愣了一下，大概是意外她不用打到一百零一通，就找到我。她開口說：「為什麼一直不接我電話，一定要我這樣才肯接？」

「妳有沒有自知之明？我就是不想接妳電話啊，不可以嗎？」到底有什麼好問的。

「妳是在發什麼脾氣啊！」丁秋祝的語氣也很不爽。

「我只要看到妳打來的電話、妳傳的簡訊，我就心情不好，當然就會發脾氣。妳不要跟我說那麼多廢話，到底要幹嘛？」我覺得我的燒根本就沒有退，全身熱烘烘的。

「我要結婚了。」

「關我屁事？」

「妳和大哥、二哥來美國參加婚禮。」

「我不去。」

「妳不來，我就回去帶妳來。」

說得勢在必行，以為我三歲嗎？我也三十三歲了，還帶我去咧！

我用盡最後一點力氣，「我到底要參加幾百次妳的婚禮？妳就好好過妳的生活，我們各不相干，不是很好嗎？妳怎麼有臉，要女兒參加妳一次又一次的婚禮？妳把我當死人是不是？妳沒有羞恥心，我有！」

我氣得掛掉電話，辦公室裡一陣安靜。我覺得很抱歉，我媽影響了我上班的情緒，然後我又影響了別人。茉莉和湯湯一臉擔心地看著我，我給了她們一個史上最難看的微笑，拿了包包起身，對大家說：「我去巡點。」

我狼狽地走出辦公室。

經過二樓的紅娘聯誼所時，阿紫奶奶又衝了出來。我被她的腳程嚇到，快得簡直可以參加奧運。「阿紫奶奶，妳有年紀了，可以不要這樣跑嗎？妳昏倒的話，我是沒辦法救妳的。」

阿紫奶奶嘖了一聲，「誰要妳救？我又不會死，來，喝兩口。」她遞了手上的水杯給我。

「這什麼？」

「改運符水啊！」

我馬上接過來大口喝下，然後對著阿紫奶奶說：「再給我一瓶！」我好需要改運。

「妳不是很鐵齒？」

「現在不鐵了，我現在齒超鬆的，還是妳可以幫我燒一手？太多的話，半手也可以，我等等回來拿。」

阿紫奶奶用力戳了我的頭一下，「妳當我礦泉水公司啊！要喝自己每天乖乖來找我。」

「阿紫奶奶，妳這樣不行，現在做生意要符合客人需求，沒有客製化，是會被淘汰的。連中藥都可以熬好每天配送了，為什麼符水不行？」以我多年行銷的經來看，配送符水一定也能賺不少。

誰一輩子沒有卡過幾個陰？像是不給加薪的老闆啊、劈腿的男朋友啊、發射綠光的老婆啊、背叛你的朋友啊……都是陰！

「妳以為我的符是隨便燒給別人喝的嗎？妳不是客人，算是我孫女，所以少跟我頂嘴。」

「我哪有頂嘴，這是給妳建議……」

突然有道聲音，打斷了我跟阿紫奶奶的打是情、罵是愛。「熒熒！」

我和阿紫奶奶同時回頭看，田松源正帶著微笑站在我們身後。他很有禮貌的向阿紫奶奶點頭打了招呼，阿紫奶奶在我身邊，自以為小聲地說：「欸！他誰啊？看起來還不錯耶。」

我覺得很尷尬，但田松源卻笑了出來，對阿紫奶奶自我介紹，「我是熒熒的朋友。」

「你叫她熒熒？」阿紫奶奶好像聽到外星語一樣吃驚。

田松源點了點頭，「是啊。」

阿紫奶奶馬上補了一句，「這樣喊，你不會想吐嗎？」

田松源一愣，我翻了個白眼，有阿紫奶奶這一身紫色蓬蓬裙更讓人想吐嗎？

必須結束這些混亂的對話，不然我會抑鬱而終。

「你怎麼來了？」

「那天妳離開後，我有點擔心，後來打電話到公司，她們說妳病了。我剛經過附近，看到樓下停著妳的車，想說妳在公司裡，就上來看看了。妳身體好多了嗎？」田松源一臉擔心地看著我。

我點了點頭，「沒事了。」

阿紫奶奶在旁邊附和，臉上笑得好開心，「對對對，她沒事了。」

我真不懂她的笑點在哪裡。

「也到午餐時間了，要不要一起去吃個飯？」

田松源提出邀請，阿紫奶奶馬上把我推到他旁邊，「她說好！」

我沒有想過阿紫奶奶手勁這麼強，我差點飛出去，幸好田松源扶住了我……正確來說，是抱住了我。

我趕緊脫離他的扶持，阿紫奶奶則推著我們兩個離開，「快去吃飯，你們一定很餓！」

為了不被她推下樓梯，我和田松源只好快步離開。走到樓下，他笑得好開心，「這位奶奶好可愛！」

看他的反應，我懷疑他剛剛也喝了阿紫奶奶的符水。

本想開口拒絕他的午餐邀約，但田松源卻直接打開車門，對著我說：「上車吧，好久沒有一起吃飯了。」他一臉期待。

我也懶得再花時間推託，於是坐上了車。

他帶我們到交往時常吃的一間義式小餐館，我很喜歡這間餐廳的醃漬小章魚，但和他分手後，就再也沒有來過了。

服務生帶我們入座，田松源迅速點了過去我們常吃的那幾道菜。「還有工作，今天就不喝酒了，下次。」

我微笑地點了點頭。

其實一點都不希望還有下次。分手的人一起來到過去熟悉的地方，眼前這一桌一椅都是我們曾經相愛的證據，我覺得有點感傷，當初那麼相愛到底是為了什麼？

「我記得之龍哥的夜店也是在附近，還有在營業嗎？」

「應該吧。」那天他對我發完脾氣就消失了，衣服還留在我家客房裡，也不曉得人去哪裡了，但小元沒有打給我求救，應該是沒事吧。

田松源對我的回應感到疑惑，「嗯？」

我笑了笑端起水杯，喝了一口，懶得解釋太多，眼角卻瞄到雷愷和一群人從餐廳門口走進。小餐館就幾張桌，雷愷也很快就發現了我，真的是冤家路窄。但沒有冤家會彼此打招呼的，所以我撇過頭去當作沒有看到，可是田松源卻對著雷愷笑著說：「好巧！」

我仍喝著水，把自己置身事外。

雷愷站在我的身後回應著，「嗯，公司剛好在這附近。」

啊，也剛好在 Iceland 附近，所以他才會老是看到我在鄭之龍的店前撒野……我還滿想跟老天爺說，想整我不如痛快一點，老是這樣，真夠煩人！

「要一起用餐嗎？」田松源熱情地問。

我手上的水杯差點就砸過去了。

「我想丁小姐應該覺得不方便。」

算他上道。

「對，很不方便。」我放下水杯，頭也不回地表態。

他的同事們倒抽一口冷氣，大概沒有想到我會說這樣的話吧。這世界上假話太多，聽不膩嗎？最後雷愷和他的同事們，坐到了我們左後方那一桌。就說了，這是間小餐館。

所以當他的女同事抱怨我態度不好時，我也聽得清清楚楚。但我並不生氣，畢竟她說的是事實。

田松源看著我的臭臉嘆了口氣，「妳這性子，真的是……」

真的是天真善良美好又可愛。

「那天我聽妮妮說了，覺得這只是場小誤會，解開就好。我也跟她和雷愷說，妳的個性其實很好，就是因為很講義氣，才會……」

「不用幫我說話，我是什麼樣子的人，對他們一點也不重要。」我對他們，甚至是彪哥來說，都只是外人，他們才是彼此的親人。

我的親人都不知道在幹嘛。

「妳這樣會讓自己受傷的。」田松源一臉擔心地看著我。

「隨便。」

菜上來了，咬一口熟悉的味道，我們的話題馬上轉移到了食物上。我和他的飲食偏好相似，喜歡酸辣的口味，也喜歡酒，光是一盤沙拉，我們都可以討論很久。

吃飽後，我有一種身心靈都得到救贖的感覺。

此時田松源的手機響了，他猶豫著要不要接。我猜想是他的女友，雷妮。老實說，我真的很意外，田松源會和雷妮在一起。他們的年齡整整差了快一輪，我不覺得他可以接受雷妮的脾氣，但那也跟我沒有關係。

「接吧！」我說。他看了我一眼後才接起。

我坐在對面，都能聽到他手機傳出來的聲音。只希望他好好愛護自己的耳膜，做個聽力健檢之類的。

「你在哪裡你在哪裡……我好想你我好想你……」雷妮的聲音斷斷續續傳出。

田松源看著我，尷尬地低聲回答，「跟朋友吃飯。」

「哪個朋友哪個朋友？我認識嗎我認識嗎？」

「就是……」田松源一臉不知道該怎麼說。我明白他的心情，就是一種說實話跟說謊話都有罪的心情。

「到底是誰啦，為什麼不說，你是不是背著我在外面亂來？我要哭了喔！你開視訊，我要哭給你看，哼。」

「妳不要這樣耍脾氣。」田松源拉下了臉。

「我只問你是誰，你就說我耍脾氣……你是不是不愛我了？」

我無法再多聽一句，怕自己會馬上斷氣。我起身用嘴形對著田松源說了一句，「我先走了。」他想要叫住我，又得要應付女朋友的無理取鬧，顯得有些慌忙。我對他感到抱歉，順手拿走帳單，到櫃臺結了帳後，走出門口，大大地嘆了一口氣。

因為總是我能感受到雷愷注視的眼光。

之前是怕我詐騙彪哥的退休金，現在應該是怕我搶走他妹的男友，我真的是他心目中的王八蛋啊！

離開小餐館後，我認真工作，連跑了四個櫃點，處理完各種排班、調貨的疑難雜症，聽這個櫃的大姊罵樓管、那個櫃的小妹說鄰櫃壞話，再和各家百貨店長，討論接下來週年慶的活動事宜。結束後，已經是下班時間了。

在我還在掙扎著要不要回公司一趟時，湯湯男友阿澤來電，我接了起來。

「丁熒，今天海若額頭的傷口要拆線，我在高雄出差，來不及趕回去，妳可以陪她去嗎？不，押她去。」

我笑了笑，「那有什麼問題。」

於是我回到公司，和茉莉一人押一邊，把湯湯架離工作，來到醫院。

「拆完線，我就直接送妳回家。」我坐在候診室對著湯湯說。

「不行啦，我還有很多事……」

茉莉打斷，「可以明天做。」我點頭附和。

湯湯知道她輸了，只能一臉哀怨。她是有多愛工作？

「其實我自己來就好了，阿澤幹嘛叫妳們陪我，害妳們還得花時間在我身上。」

「我本來就應該要陪妳來的，畢竟是因為飛黃騰達，妳才會受傷。」我說。

茉莉一臉不悅，「其實最應該來的人是妳大嫂。要不是她為了逛街，不接小孩，根本不會有這件事發生。啊！還有那個雷愷的妹妹，是她撞到人耶，搞得跟沒自己事一樣，從沒看過她來半次。這幾天都是雷愷送雞精、營養品來給湯湯的。」

「是雷愷太客氣了，我根本什麼事也沒有……」湯湯說到一半，突然抬頭看著我問：「對了，彪哥有打給妳嗎？」

「有啊，不想接。」我說。湯湯一愣。

茉莉擔心地看著我問：「妳還在生彪哥的氣？」

我苦笑，「是我害他女兒離家出走，怎麼好生他的氣。我是生我自己的氣。」氣自己多管閒事，氣自己讓自己這麼難堪，那花瓶裡的水潑在我身體上的冰涼感，到現在我想起來還會忍不住打哆嗦。

我很累，累得不想再去觸碰到這件事。就這樣過了多好，大家假裝沒事一樣多好，不用互相道歉多好，不用花時間彼此安慰多好，時間快點帶走虛脫的我，多好！

「妳是該氣自己。」湯湯和茉莉毫不留情，異口同聲。

這就是朋友，永遠知道妳最缺的是什麼，就是打擊。

陪湯湯拆完線後，我們正要離開，迎面卻走來一個有點面熟的女孩。她看著我，我也看著她，然後我想起來了，她是Maggie。

我停下腳步，她也停下腳步，湯湯和茉莉疑惑地看著我和Maggie之間的相互注視。

茉莉先開口說了，「妳忙，我帶湯湯回去就好。」我點了點頭。

看著她們離開，Maggie先開口對我說：「我已經和之龍分手了，妳不用擔心，我不會和妳搶他。」

我在心裡翻了個白眼，「妳搞錯了，我是她妹妹。」

Maggie愣住了。

國債算什麼？鄭之龍的感情債才可觀。

我們一起走進醫院裡的星巴克。她點了杯鮮奶，我點了杯美式，彼此面對面坐著。她低著頭，清秀的臉龐，又長又彎的睫毛，看起來很有靈氣，和那天病懨懨躺在床上的樣子差很多。

「妳的身體還好嗎？」

她抬頭看著我，點了點頭，然後向我道歉，「不好意思，剛剛太不禮貌了。」

「沒關係，我能理解。」

鄭之龍的歷任女友，都很愛查他手機，然後三不五時問候我，以為我是小三。

Maggie 笑了笑，笑容多清純可愛，這麼美好的女孩差點就為鄭之龍毀了。

我忍不住問：「我哥有去看妳嗎？」

她苦笑，搖了搖頭。

「對不起。」我真心誠意地向她道歉。

她急忙搖頭，「不是妳的錯啊，妳不用幫他道歉，是我自己太想不開了。其實當我吃下安眠藥時，我就後悔了。我其實一點都不想死……我是不是很沒用？」

換我苦笑，「我不知道死是不是真的可以解決問題，我只知道幸好妳還活著，而且是自己想要活著。」自己想要，這多重要。

Maggie 給了我一個微笑。

「我不會再和之龍聯絡了。」她溫柔且堅定地對我說：「我會好好自己生活，就算下次要談戀愛，也要找一個不花心的。」

我看著 Maggie，雞婆病又出來了！好想對她說，花心只是鄭之龍的保護色，他本人不過就是個俗辣，不敢給人承諾的俗辣，所以才會用這樣的方式，不停推開另一半，好躲回自己的安全區。

但說了又怎樣，改變不了鄭之龍是個俗辣的事實。

我只能點頭，然後說：「祝妳幸福。」祝那些被我哥傷過心的女孩，離開他之後會更幸福。

「謝謝。」她說。

說到這裡，在店內追逐跑跳的小孩突然撞上了 Maggie 的椅子。她趕緊扶住桌子，才沒有摔倒，但是掛在椅背上的包包掉了，裡頭的東西全灑了出來，一本媽媽手冊攤在地上對著我。

Maggie 急忙把手冊塞回包裡。我以為她點牛奶，是因為前陣子洗胃的關係，沒想到她是因為懷孕不喝有咖啡因的東西。她的動作慌忙，東西都沒有收完就轉身想要走。

我拉住了她。「我哥知道嗎？」

我狠狠嚇了一跳，多麼害怕，Maggie 是知道自己懷孕後才想要自殺的！我哥差點連自己小孩都害死了。

她明白自己逃不了，只好再次坐下來，對我說：「他不知道，我是自殺那天到醫院後才知道。」

「那妳打算怎麼處理？」我沒忘記她媽媽狠揍鄭之龍的樣子。如果讓她知道自己女兒為負心漢懷了孕，不知道喘不喘得過氣來。

Maggie 出乎我意外的冷靜，「我要生下來。」

「伯母知道嗎？」

「不知道。」

我想先喘不過氣的人會是我。

「妳知道自己一個帶孩子有多辛苦嗎？」

「不知道。」

好了，我要斷氣了，幸好這裡就是醫院。

Maggie繼續說：「為什麼一定要知道會有多辛苦，才決定要不要生？我不知道未來會怎樣，但我願意自己承擔。我都想好了，之前工作還有點存款，要想養活自己和小孩，目前是不會有問題的。等生下小孩後，我可以回去工作。」

好天真！我好想這麼回答她。

但我內心裡又有另一個聲音，好想告訴她：妳好勇敢！

這是Maggie的人生啊，我的意見有什麼要緊的，無論她決定要不要留下小孩，選擇後的結果，我並不能幫她承擔。

「妳真的想清楚了嗎？」我問。

她對著我用力點頭。

「妳不告訴鄭之龍嗎？」我問。

她再次點頭，「我不說，因為我並不想讓他認為我想用小孩綁住他。我沒有打算告訴任何人，只是剛好來產檢遇到了妳，然後又……」她緊抱著包包，一臉無奈。

我看著Maggie，想著她肚子裡還沒有出生的姪子。他可能會走上我的路，以後他的身分證上，父親欄只會有一條單橫線。他可能一輩子都不會知道，自己的父親是誰……

此時此刻，我多希望我什麼都不知道。

「妳能幫我保守祕密嗎？」Maggie 乞求我。

我看著她，陷入為難，這是一條人命。

「拜託妳了，我真的不想讓任何人知道。」

最後我點了點頭。以後我下地獄，一定會拖著鄭之龍一起去。

本想送 Maggie 回去，但她堅決自己搭車。我向她要了聯絡方式，但她思考了一會兒之後拒絕了我。「我想我們還是不要聯絡比較好，我不希望我的事情，影響到了妳的生活，我保證我一定會和 baby 過的很好，妳不要擔心。」

天啊，鄭之龍是哪輩子燒了好香，能交到這樣的女朋友！我好想去放鞭砲，慶祝 Maggie 離開我哥的無間地獄。

我目送 Maggie 離開，猜想或許這輩子，我們可能不會再見面，但在這個世界的某個角落，會有一個小鄭之龍的存在。

坐在車上，我失神了好久。當我開著車離開醫院時，天色已經黑了，卻看到大爸坐在路邊，臉色蒼白。我急忙停好車，走到他旁邊去。

「大爸，你怎麼會在這裡？」

大爸抬頭看了我一眼，有氣無力地說：「來拿藥。」他才剛對著我笑，就昏了過去，嚇得我大叫。一旁排班等客人的計程車司機趕緊來幫忙，一起抬著大爸往急診室跑，我趕緊打給大哥要他過來。

大哥趕到的時候，醫生正好幫大爸診療完畢。大哥歉疚地看了我一眼，我別過頭去，而醫生開始說明大爸的狀況。「老先生是中暑，年長者本來體溫調節能力就不好，再加上最近天氣太熱……盡量不要讓老人家在高溫下晒太久……」

總之，情況沒有很嚴重，但還是必須等點滴打完再觀察一下。

當醫生向我交代相關的照護細節時，我馬上阻止，指著大哥，「他兒子在那裡，你跟他說。」醫生愣了一會，才轉身向大哥說明。

同時，大嫂也趕來了。她一定要先瞪我一下，才甘願走到大哥旁聽醫生說明，然後一臉受不了地大聲嚷嚷，「我還以為多嚴重！不就是中暑，休息一下就好了。奇怪了，爸為什麼不坐計程車，硬是要搭公車。」

不行，再繼續待在這裡，我會忍不住呼她巴掌。

正轉身想走，大嫂突然說：「你到底什麼時候才把你爸送去療養院？之前不就講好了是今年嗎？要照顧小孩又要照顧你爸，我真的負荷不了。」

「今年還沒有過完，妳先不要急啊，我……我再想辦法。」大哥唯唯諾諾地說著。

我回頭不敢置信地看著他們，「你們要把大爸送去療養院？請問，他是不能自理了嗎？」

大哥心虛地低著頭，大嫂還是那副跩扈樣，「妳姓葉嗎？關妳什麼事？」

我根本不想理會大嫂的叫囂，對付瘋子最好的方法就是讓她自己去瘋！我直接走到大哥面前，「我再問你一次，你真的要把大爸送療養院？」

大哥還是不說話。

我火大地吼，「我再問你最後一次，你真的這麼狠心嗎？」

大嫂伸手推開我，「妳大吼大叫什麼啊！我老公只有我能吼。」

我氣不過，也回推了她一把。你來我往，一人一次很公平，但大嫂卻一臉好像我把她推下樓去死一樣，氣得跳腳，「妳居然敢推我！」

我手舉起來，「我還敢呼妳巴掌咧！」大嫂瑟縮了一下，躲到大哥身後去。

「小熒，妳不要這樣。」

我瞪著大哥，「不要怎樣？你說啊！葉世豪，你怎麼可以懦弱到這個地步？從今以後，我們不再是兄妹，因為我真心看不起你。」

大哥一愣，抬頭望著我。我怒視他，除了失望，再沒有別的感覺了。

當我轉身離開，瞥見閉著眼的大爸，眼角滑下了淚水。

我想，事實就是不管你活到了幾歲，它都一樣殘酷。

我氣呼呼地開著車回家，半路正好經過 Iceland，招牌的燈亮著。想起幾天不見鄭之龍，不知道他是死是活，於是我又調轉回頭，決定進去確認一下，只要他還有呼吸就好。

走進店裡，小元一看到我就馬上把我拉到一旁，小聲地說：「丁姊，老闆最近到底發生什麼事了？打架、喝茫，我都可以接受，但昨天有辣妹約他回家，他居然說不要耶！我好害怕。」

我沒好氣地瞪他，「你有病啊？」

「是老闆有病。他剛來還去洗廁所……他是不是要關了 Iceland 啊？我是不是要失業了？」小元慌慌張張地抓著我的手，楚楚可憐地說：「丁姊，我可以去妳公司上班嗎？我可以賣內衣，沒問題的。」

「我賣的不是情趣內衣。不然你去湯姊男友那裡上班，他賣保險套的。」

「真的嗎？什麼時候可以開始上班？」他開心的不得了。

「Iceland 倒的時候。」我冷冷地說。

小元嘖了我一聲，回到吧台裡去工作。我轉頭看見鄭之龍從洗手間出來，手上還帶著塑膠手套。如果不是在夜店，他看起多像一個居家老公，在通家裡的廁所。

我走到他面前，「你出來一下。」然後轉身出去。這裡音樂太吵，吼鄭之龍會失去立體感。

我推開門回頭數到三，鄭之龍走了出來。他一臉不耐煩地對我說：「妳要幹嘛啦？」

「你這兩天怎麼沒回家？」我問。

「妳不是叫我滾。」他說。

「什麼時候這麼聽我的話了？」

「要說什麼快說，我在上班。」天啊，真是嚇死寶寶了，鄭之龍居然會說「上班」兩個字。我看著他憔悴的模樣，更是驚訝，哪一次他分手後不是容光煥發的？怎麼這次甩了人，還一副被甩的樣子！

然後我看到了一個關鍵的東西，他的脖子上戴著一個戒指項鍊，那枚戒指和 Maggie 戴在食指上的樣式一模一樣。沒猜錯的話，這一定是組對戒。而鄭之龍這種浪子，一向對這種戀人儀式感冒，怎麼會願意這麼做……

除非他愛她。

我驚訝地看著鄭之龍，「你老實說，你是不是也愛 Maggie？」

他一愣，臉上閃過八萬種表情，其中一個是「靠北，妳怎麼會知道」。我腦海裡閃過一幕他抱著小孩，和 Maggie 一家和樂的畫面，或許這有可能成真的。

「幹嘛不回答？」我問。

他用煩躁掩蓋了困窘，「關妳什麼事啦，妳很煩耶！回去好不好？妳不用擔心，我不會再去睡妳家了，妳也不要管我的事。」

「我今天遇見 Maggie 了。」我淡淡地說。鄭之龍表情一驚，一臉好想問我問題又不敢問的樣子。知兄莫若妹，我大概知道他想問什麼，「她沒事了，只是去複診而已。」

他明顯鬆了一口氣。

我沒好氣地說：「你明明擔心，為什麼不去看她？你不敢去嗎？你在害怕什麼？是覺得對不起她？還是覺得反正不能給她承諾，那乾脆不要去看她？」二哥這個害怕承諾病，不醫是不行了。

像是每條都被我講中了一樣，鄭之龍惱羞成怒，對著我大吼，「妳懂什麼啦？妳是不是真的以為自己很行？自以為是什麼啦！那妳自己咧，不婚兩個字講的那麼好聽，自己不也是害怕結婚，妳有什麼資格講我？」

鄭之龍像金剛一樣地吼完，嚇到了幾個經過的路人。

我也被他的態度和口氣激到。「對，反正我只是一個同母異父的妹妹，我沒有資格。我是自以為是沒錯，我以為是我們是兄妹，至少你可以聽得進一點點我說的話。告訴你，從今以後，你的事我不會再管。」

「誰要妳管了，我有叫妳管過嗎？妳把妳自己顧好就好！最討厭妳每次管了這麼多，在那裡覺得自己多辛苦，好像我們都跟垃圾一樣，就妳最聖潔！妳要不要改名乾脆叫李聖潔，希望妳親爸剛好姓李啦！」鄭之龍再一次對我大吼完後，回到店裡。

我站在店門口，門一關上的同時，眼淚也剛好掉了出來。

一包面紙出現在我面前。抬頭一看，竟是雷愷。我伸手擦掉眼淚，倔強地轉身離開，他卻一腳跨到我的面前，擋住了我的去路。

「好狗不擋路，你有聽過嗎？」我極力隱藏自己的哭腔，好讓自己像沒事一樣。

「我有話想跟妳說。」

「我不想聽。」我說，我只想回家痛哭一場。

他把面紙塞到我的手裡，「妳哥他說的話，只是氣話，妳不要放在心裡。」

我把面紙再塞回他的手裡，「你到底要躲在旁邊偷看幾次？」每次發生什麼事都讓他看到，看到我有多難堪，真的是讓我很不爽。

「因為我們公司就剛好在旁邊。」他指著 Iceland 旁的辦公大樓。

「喔。」我越過他往前走，他卻又擋到了我的面前。

「你到底要幹嘛？」我生氣地推了他一把。

「我只是想向妳道謝。」

「謝什麼？」我不懂，一定要在這個時間點謝嗎？他明明就看到我剛跟我哥大吵了一架，最好是還有心情在這裡聽他道謝。

「謝謝妳對我爸的照顧。聽湯小姐講，才知道平時多虧了妳陪我爸。」

「喔。」

我又越過他往前走，但他再次擋到了我的面前繼續說：「嚴華阿姨，人很不錯。」

「喔。」這次我沒有打算越過他，而是轉身。我今天不開車回去行了吧！

正在我伸手想攔計程車時，雷愷卻抓住了我的手，急忙地說著，「丁熒，對不起。」

簡直莫名其妙，「對不起什麼？」

「那天因為擔心雷妮，所以我和爸都沒有考慮到妳的心情。事後我和我爸靜下來回想，才發現多虧了妳，才知道我們父子之間溝通的問題在哪裡……妳一定覺得很委屈吧？」

我嘆了口氣，看著雷愷說：「不，我一點都不委屈，我只覺得是我活該。」

「丁熒……」雷愷又喊了我的名字，好像我們很熟一樣。

「現在彪哥有嚴華阿姨作伴，我媽辜負彪哥的事，就這樣抵消了，我知道因為工作的緣故，我們還會再見面，但希望就這樣保持單純的工作關係，只是客戶和廠商，公歸公，再也不要有半點私了。」

「我爸一直覺得很抱歉。」

「跟彪哥說不用抱歉，我比較抱歉。」我伸手攔了計程車，上車離開。回到家後，我連澡都沒有洗，狠狠地哭了一整個晚上。

要不是真的難過，我很少用哭來渲洩情緒，寧願大醉一場。

天一亮，我把大哥留在家裡的東西打包好，寄去他家，然後把鄭之龍的東西也收成一箱，直接寄到 Iceland。我決定要好好過自己的生活，各人造業各人擔，我不會再伸出自己的任何一隻手。

我把箱子搬到大廳的值班櫃臺。

「丁小姐，妳這麼早要寄貨喔！」警衛先生看著牆上的時鐘，時間顯示六點半，不由得一臉疑惑。

「對，麻煩你幫我叫貨運了。」我微笑點頭打完招呼，前腳才剛踏出去時，背後傳來一個聲音。

「警衛，那個丁熒住幾樓？」

我回過頭，警衛正看向我，然後轉頭看向一旁的丁秋祝，指著我說：「丁小姐嗎？她就在這耶。」

丁秋祝的視線落到了我的身上，而我的眼睛也盯著她。她突然咧開了嘴笑，衝到我面前，給了我一個外國式的擁抱，「女兒，媽回來囉！妳有沒有很開心？」

我愣了一下，推開她，冷冷瞪著她，「妳認錯了，我是孤兒。」然後轉身上樓。

丁秋祝驚慌地喊著我的名字，「丁熒，妳這什麼意思？我連夜趕飛機，打聽了很久才知道妳搬到這裡，妳不讓我上去睡個美容覺嗎？」

丁秋祝執意要闖進來，警衛一臉為難，不知道該不該阻止。

「我不認識她，不准讓她上來。」我頭也不回地說完。進電梯前，聽見丁秋祝的叫喚聲，把我從丁熒換了不肖女。

「妳這個不肖女，竟敢這樣對自己媽媽！」丁秋祝的聲音在整座大廳裡迴盪。

對別人有義氣，不如對自己有義氣。

我回到家後，坐在客廳裡，狠狠發呆了半小時。

我怎麼會這麼大意？我怎麼會忘了丁秋祝比我還瘋的個性？她可是個敢結過無數次婚的女人，說要回來抓我，就不會只是說說。我都還沒有做好要怎麼對付她的準備，她就這樣衝來了。

人生的麻煩，總是如此毫無預警。

我看著手機不停閃爍的螢幕畫面，然後告訴自己：千萬要冷靜！我不能慌，只要一慌，我就輸了。我可以輸給全世界，但不能輸給丁秋祝，絕對不行。

於是，我好好泡了個澡，換上了我最喜歡的衣服，還畫了個完美的妝。此時此刻進入備戰狀態。但想想自己最大的敵人竟是媽媽，也真的是很好笑。

整理好後，我下樓準備上班。

經過大廳，不意外地看到丁秋祝還在，而且還跟大樓的鄰居們聊得非常開心。她看到我出現，馬上對著三姑六婆說：「我女兒就是她。」

我翻了個白眼，不打算多做停留，但三姑六婆卻很不識相地開口，「妳媽媽難得回台灣，怎麼讓自己媽媽待在大廳？」

三姑鄙視地看著我，而丁秋祝一臉得意，以為找到戰友。

我停下腳步，冷冷對三姑說：「妳可以請她去妳家坐。」

三姑閉嘴，六婆馬上加入戰局，「妳年紀輕輕，對長輩講話，怎麼那麼沒有家教？」

我笑了笑，對著六婆，「妳可以問我媽，她不就在這嗎？」

丁秋祝本來還以為自己會贏，沒想到馬上屈居下風，一張嘴又開始要把死的說成活的，換上一張楚楚可憐的表情，「唉，是我沒本事，把女兒教成這樣。她現在會這樣，都是我的報應。」

三姑六婆馬上安慰，「妳別這樣說，現在年輕人本來就是這副德性，脾氣一個比一個大。妳沒聽台灣一堆草莓族、月光族，還有啃老族嗎？養小孩根本沒有什麼用。」

難道她們養小孩都是為了拿出來用嗎？當孩子是工具箱？

我懶得再聽下去，抬起腳要離開，丁秋祝卻抓住了我。「鑰匙給我，我自己上去。」

「我家沒有鑰匙。」是密碼鎖。

丁秋祝冷哼，「最好沒有鑰匙啦。」

「真的沒有，而且就算有，也不會給妳。」

我一說完，三姑馬上有意見，「小姐，妳這樣不行啦！怎麼可以這樣對自己媽媽說話，這麼不孝！」六婆趕緊附和，「就是說啊，哪有把媽媽關在門外的道理。妳不讓她上去，要她去哪裡？」

我看著三姑六婆，「她可以去的地方多的是。」我媽這輩子沒有工作過，卻從未露宿街頭，三餐比我還要正常，更何況，妳們這幾個三姑六婆，除了出一張嘴，還會幹嘛？「如果妳們覺得她很可憐，我不介意妳們收留她。」

話一說完，三姑六婆馬上鳥獸散。唯恐天下不亂的第二名如果是恐怖分子，第一名就是三姑六婆。如果他們合作，絕對有辦法摧毀一個國家。

看著只剩我和丁秋祝兩人的大廳，我突然覺得，或許該學一下三姑六婆那有事就馬上逃跑的能力，才不會把自己搞得這麼累又這麼狼狽。

一路走到停車的地方，丁秋祝不停罵我脾氣差，念我不近人情。我忍不住打了幾個呵欠，然後上車。當然毫不意外的，她也自己開車門坐了上來。

剛才在樓上我可是仔細推敲了好幾次她的路數，做足準備，才好一條一條打破。

車子一發動，她的嘴就沒有停過，「你們兄妹在台灣到底是過什麼日子？」我在心裡冷笑，不就是去了一年美國，就把自己當美國人了嗎？「沒有一個人肯接電話，要不是我打電話問阿彪，還不知道妳搬了新家！」

這點我也有猜中。大哥二哥也不是那種隨便會接丁秋祝電話的人，畢竟大哥結婚那天，丁秋祝和當時的男友去墾丁不肯回來，而二哥開店請了個帥哥老店長，被丁秋祝給迷得不要不要的，連上班都不顧，開了幾次天窗……

至於那些前男友們，她根本連名字都記不住。彪哥還算是近期的前男友，她的金魚腦記憶裡還有幾分印象。

我沒有回應她的任何問題，她也能自言自語繼續說：「不是媽在說，台灣這鬼天氣真令人受不了。還是美國好，雖然熱，但也不會這麼悶，難怪大衛不想回台灣住！房子一間比一間小，還這麼貴，我們在美國的房子可大了，我還留了一個妳的房間，妳想渡假隨時可以來……」

把車停在飯店門口，我從後座拿了她的行李，直接走進飯店大廳。她在我身後嚷嚷，「來這裡做什麼啊！妳拿我行李幹嘛？」

「我要一間房間。」我對著櫃臺人員說。

對方微微一笑，「好的，麻煩出示您的證件。」我立刻拿出證件和信用卡，讓櫃臺人員處理。

丁秋祝不高興了，「我難得回來一趟，非得要讓我住飯店嗎？」

「不然妳還有哪裡可以去？」我不想要累了一天，回家還要面對她，和她的種種行為。

她氣呼呼地望著我，但我沒有理她。櫃臺人員將房卡和證件拿給我，「丁小姐，房間準備好了。」

「謝謝妳。」我只拿走證件，對櫃臺人員說，「房卡給她。」對方一愣，把房卡遞給丁秋祝。

她憤恨不平地接過房卡，對著我很不成熟地嗆聲，「好，妳要這樣的話，老娘就每天叫客房服務，吃倒妳！」

「隨便妳。」

櫃臺人員很好心，對我們說：「這個月本飯店推出『好好宿』的活動，每天附贈早餐。客房服務總金額達一萬塊以上，再加送兩晚住宿，請多使用客房服務，使用越多越划算喔！」

丁秋祝的伎倆沒有用，又沉下了臉。

我讚賞地看著服務人員，名牌上寫著白明怡。「白小姐，謝謝妳告訴我們這個訊息。」

她對著我笑了笑，「不客氣，丁小姐，這是應該的。」然後白明怡對著一旁的男同事使了眼色，男員工馬上接過丁秋祝的行李箱，對她說：「請跟我來。」

丁秋祝跺了兩下腳，才甘願跟上。

太滿意這間飯店的服務了，我以後要常來。但是，來幹嘛？來看看白明怡也不錯，看到漂亮的人，心情都會特別好。

離開飯店後，我馬上趕去公司。

走進辦公室，就看到彪哥和嚴華阿姨坐在會議桌前，與湯湯、茉莉聊得正開心。見我進來，彪哥收起了笑容，換上了歉疚的表情，和昨天雷愷臉上掛的神情一模一樣。

「丁熒，妳總算來了。」茉莉揮手喊著我。

我放下包包走了過去，打招呼，「你們來啦！」

嚴華阿姨馬上拉著我坐到她身邊，而湯湯和茉莉則回自己的位置上工作。

嚴華阿姨一臉語重心長，對我說：「委屈妳了。」

「沒有什麼好委屈的。」我說。

她用手肘頂了一下彪哥，他才一臉回神趕緊開口，「小熒，我那天口氣比較不好，妳不要生我的氣。」

我真的沒有生氣，我說了，我氣我自己。

明明沒有生別人的氣，還一直被說「不要生他們的氣」，就會覺得好像真的應該要生氣一下。有些氣是被逼出來的，這一切都要怪我自己，平常做人失敗，才會讓人覺得我就是個愛生氣的人。

我應該要喝點酒再來上班的。

真要生氣的話，我比較氣彪哥告訴丁秋祝我的住處。當然我也知道，他一向希望我們母女可以好好相處，這是他的理由。世界上，每個人做事都有自己的理由，怪誰又有什麼用。

「沒事了。」但再繼續問下去，就有事了。「改天再聊吧，我還有很多工作。」這是真的，晚點我還得去看櫃位改裝的進度。

送彪哥和嚴華阿姨下樓時，還遇到阿紫奶奶，不停追問他們要不要當第二春聯誼活動的活招牌——當然可以，但是價碼要跟我談！好不容易把他倆送出門，彪哥突然把我拉到一旁小聲說話，「小娜是不是去找妳了？」

「丁秋祝。」我說。

「好好好，丁秋祝，她是不是去找妳了？」

「嗯。」這還要問嗎？哪有給了她行蹤，不找上門來的道理。

「她一大早就去按我家門鈴，把雷愷給吵醒。她說如果不說出妳的地址，她就要一直待在我家，我只好說了，對不起啊！」彪哥看起來很內疚。

善用別人弱點是丁秋祝的優點。「算了，你不說，她還是有本事找來的。」

「她怎麼突然回來了？」

「抓我去參加她的婚禮。」

「又？」彪哥一臉吃驚，看來是還沒有習慣。

我看著在一旁等待的嚴華阿姨，忍不住警告彪哥，「最好別讓阿姨看到我媽，不然她一定會覺得你過去很荒唐。」

彪哥尷尬，「知道了。」

「快回去吧，阿姨在等你了。」

他點頭走了兩步，又折回來，「妳不生氣了真好。」然後拍了拍我的肩，開心地離開。

不，我現在很火！就說了，我沒有生氣。

回到公司，湯湯和茉莉坐在自己的位置上，給了我一個微笑。

生活，難免會有很多紛擾，我們都知道這避免不了，但會為自己期待、為親愛的人盼望，希望過了難關之後，一切會更好。

我想，如果我現在告訴她們，丁秋祝人在台灣的話，她們應該就笑不出來了。我也還給她們微笑，好戲還在後頭。

回到工作……幸好還有工作，讓我可以移注意力，看著待辦事項一項一項完成，覺得好療癒。我和湯湯、茉莉一起加班到晚上，隨便叫了外送，邊吃邊討論目前公司的狀況，有沒有需要改進些什麼。

那些都是其次，八卦才是主要。

呂星澤向湯湯求婚了，但湯湯還在考慮。我說，「如果我男友是阿澤，我就嫁了。」別人的事就是比較輕鬆，風涼話說的比冷氣還涼，所以被湯湯一瞪，我也只能笑笑。

茉莉還在暗戀學長，對此，我和湯湯都沒有什麼好說的。我們一致希望，她快點去愛別人。我相信戲棚下站久了會是你的，但那不適合發生在一段八年的單戀上。

「幹嘛不肯聽我的事？」茉莉抗議。

「因為無聊。」我和湯湯異口同聲，接著湯湯突然轉頭問我，「雷愷最近常問我妳的事。你們還沒和好？」

「吵什麼架？」茉莉塞了一口湯包，繼續問。

「又沒怎樣，幹嘛和好？」我說。

「到底怎麼了啦？」茉莉吞下湯包，好奇地追問。

湯湯笑了笑，「沒事就好。」

我實在不是很喜歡她這個笑容，笑的太曖昧，以為自己是楊丞琳嗎？

「為什麼不告訴我？」茉莉一臉委屈。

「因為愛。」我說。愛妳就是不要讓妳為我煩惱太多，但我的好意只換來一記白眼。

要回家時，丁秋祝好像算好了我的下班時間，又是一陣猛 call。走在我旁邊的茉莉一臉好奇，「妳沒聽到妳的手機在響嗎？」

「沒有。」面對丁秋祝，我要選擇性耳聾。

回家經過大廳，那些三姑六婆像是今天八點檔太無趣，一群人聚在一起聊天說別人壞話。我一出現，馬上成了話題主角，她們不時看看我，再交頭接耳，刻意避開我的視線，露出不屑的表情。

我笑了笑，無所謂地走進電梯。

從小就被指指點到大，這對我來說早就是家常便飯，每次聽人家討論要怎麼不在意別人的眼光，其實最簡單的方法就是：習慣那些眼光。然後你就會發現，不管別人把你說得再難聽，你還是可以每天吃飯拉屎。

沒有什麼大不了的，折磨自己的永遠不是別人，而是自己的選擇。

我回到家，拿出手機，發現丁秋祝不打電話，改傳訊息。頓時我的未讀簡訊，來到了八十三封。螢幕的最後一封通知：後天一家人吃頓飯。

一家人？我笑了。

才剛笑完，就接到田松源的電話，「明天有空嗎？要不要一起吃個午餐。」

「明天有點忙，下次吧！」我不認為常和已有女友的前男友吃飯，是一件明智的事。

他的聲音聽起來滿失望的，「好吧，那就下次。」

本以為會就此結束通話，沒想到田松源卻說了他公司最近遇到的問題。同是經營者，我說了一些自己的想法，再談到目前大環境的狀況，兩人聊了很多。沒有想到以前醉生夢死的我，現在竟能和他聊工作，整整聊了兩個小時。

喝酒我倒是可以連喝兩天。

「熒熒，謝謝妳給了我這麼多意見。真羨慕妳有合夥人一起打拚，我爸和我哥把公司丟給我就什麼都不管了。雖然這樣有空間可以發揮，但是壓力卻更大，幸好還有妳！」

這話好容易令人誤會，我急忙說：「我又沒有做什麼。」

「願意聽我說話，就是最大的幫助了。熒熒，如果我們當初沒有分手的話，現在不知道會是什麼樣子？」他突然這麼說。

話題越界了。

「我不去想過去的事。晚了，我先睡了。」

他緩了一會兒後才說：「晚安。」

我掛掉電話，嘆了口氣。誰能保證當初的另一個選擇一定是對？至少現在，我們都過得很好，那就表示當時做的選擇，並不算錯。

躺在床上，我想著如何和前男友成為朋友，卻又得要保持距離的各種方式……真想問，人生一向都是這麼難嗎？

在我睡著前，我做了決定，還是先不要當朋友好一點，畢竟他的女友也不是什麼好惹的人。

🍸

一早醒來，進公司忙到一半，忽然聽見正美喊「雷大哥」，抬起頭就見雷愷經過我的位置。我們四目相接，差不多一秒，我繼續低頭工作。

「丁熒，開會！」

我怎麼不知道今天要開會？瞄了一眼行事曆，才發現是自己忘了，於是我起身參與，看著雷愷提出的購物網站設計，討論起消費者使用的便利性、功能性……忽然筆電的通訊軟體響起叮叮噹噹的來電音效。

我看著來電的名稱：妹妹。

雷愷急忙按掉，一臉不好意思看著我們，「抱歉……」話還沒有說完，電腦又響起來電的音效，他想關掉，但越慌越亂，登出程式時，卻不小心按到接通。

雷妮的聲音頓時在辦公室裡響起。

「哥！我真的覺得源源最近很奇怪，對我都忽冷忽熱的。怎麼辦？我要怎麼辦啦？你教教我啊！他昨天晚上電話都打不進去！」

雷妮口中的「源源」，我想是指田松源。我這輩子從未叫男友兩個疊字的暱稱，我看了一眼雷愷，想到「愷愷」兩個字，昨晚吃的都要吐出來了！

辦公室裡眾人一臉錯愕，雷愷尷尬到直接把筆記型電腦闔上，臉一陣紅。我突然覺得他好可憐，於是起身說了一句，「休息一下。」

他抬頭看了我一眼，我轉身去茶水間。不用謝我。

站在咖啡機前，想著雷妮剛說的話。昨晚和田松源聊工作的事，聊了很久，電話應該是那時候打不進去的吧！我突然覺得自己很有先見之明，昨晚下的決定果然是對的。

還是先不要當朋友，以後別作朋友，朋友不能牽手……好久沒拿錢櫃的麥克風，手好癢。

我倒了一杯咖啡出來，看到雷愷躲在角落安撫著他心愛的妹妹，「我不是說了我早上要開會……我覺得妳想太多了，妳可以去做別的事轉移注意力啊……他是妳男朋友，我和他又不熟，我怎麼判斷？」

我很尷尬，走出去他會看到，但一直躲在裡面，又不知道要幹嘛。

他繼續說著，「妮妮，感情的事我幫不了妳，妳自己要想辦法處理，我現在還要開會，妳別再鬧脾……」雷愷邊說邊走進茶水間。我萬萬沒有想到他會走進來，兩人就這樣大眼瞪小眼，瞪了好幾秒。

「……先這樣。」他很不自在地說了完，關掉了通訊。我給了他一個職業微笑後，想要走出去，他卻開口說：「不好意思，我妹年紀小比較不懂事。」

年紀小？不懂事？

「那天她潑妳水的事，我替她向妳道歉。」

我停下腳步，抬頭看著他，「她潑我水的事，我不會怪她，畢竟是我有錯在先，但年紀小跟不懂事，是不能畫上等號的。」

他一愣，我忍不住繼續說：「她能夠不懂事，是因為有人願意讓她不懂事。你可以想想，那個人是不是你？希望有一天，我們都不用幫那個不懂事的人道歉。」我以過來人的心情，難得一次的苦口婆心。

但他一臉不懂，那我也沒有辦法了。

我轉身離開茶水間。好話不說第二次，只能靠自己體悟。回到會議桌後沒多久，雷愷也回來了，我們繼續被打斷的會議直到結束。公司的購物網站已有一個雛型，我們都很興奮，也很期待。

雷愷在要離開之前，對我說了聲謝謝。

我回到座位，屁股才剛碰到椅子，手機響了，來電的人是田松源。我轉成靜音，讓它響著，雖然覺得這樣做很沒有禮貌，但是我要活下去，我還有員工要養，我的命不能斷送在雷妮手上。

只能向田松源抱歉，我們的重逢不是時候。

忙到中午隨便吃了幾口，打算要去工廠看一下進度。我整理好東西，正準備要出門的時候，抬頭卻看見丁秋祝穿著一身紅，大搖大擺地走進辦公室。湯湯和茉莉倒抽一口冷氣，而助理們見老大的反應，一臉摸不著頭緒。

丁秋祝直接坐到了會議桌，我冷眼瞪著她。陰魂不散，她根本是進階版的貞子！我沒有打算理她，但湯湯和茉莉身為公司合夥人和朋友，沒辦法不理她，只好上前去打招呼。

「丁媽媽好。」

「嗯，」丁秋祝像個惡婆婆一樣，愛理不理地回應，「最近業績如何？這麼小一間公司，能賺多少錢？」

湯湯和茉莉看起來像是要認真的回應，我開口說：「不用理她，去忙妳們的。」

丁秋祝見我不給她面子，氣得拍桌。我淡淡地說：「我公司的桌子，輪得到妳來拍嗎？」

大夥都嚇了一跳，湯湯和茉莉默默回到位置上，對著其他人使眼色，不聽不看不要管，大家各自做自己的事。

當初我決定要和湯湯、茉莉成立 weup 時，丁秋祝左一句「失敗」，右一句「不會成功」，對她來說，女人成功的定義，就是要像她這樣，有老公疼、有老公的錢可以花，沒結婚的女人就是失敗！

「我就要拍，妳管我。」她生氣地多拍了幾下桌子，然後痛得猛甩手。

這人很有事！

「這裡是公司，請妳離開。」我說。

她雙手抱著胸坐在椅子上，想和我談條件，「要我離開可以，找妳大哥和二哥一起吃飯。」

「妳自己去吃。」我拿起包包，不想再和她多廢話半句。

「不一起去的話，我就每天來這裡煩妳。」談條件沒有用，就換成用恐嚇的，丁秋祝真是好棒棒。

但青出於藍，我一臉無所謂地對她說：「隨便妳，妳每天來我也不會發薪水給妳。」

丁秋祝臉一青，氣呼呼地瞪著我。在離開辦公室之前，我對著大家聲明，「不用倒水、泡咖啡，不用服侍她，因為我也不會幫你們加薪，你們只要做自己該做的事就好。」

「丁熒，妳怎麼那麼不孝！」丁秋祝在我身後大吼。但她從未檢討過自己，哪裡值得人家孝順。

我才懶得理她。

去工廠巡了一次產線，確定生產進度，掌控商品品質，還有出貨包裝的狀況，再解決阿姨們的抱怨「這設計太繁複了，好難做」、「每天都在趕工，都快累死了」、「那個誰誰誰的零件都來得那麼晚」……協調完所有事後，我像跑了一萬公尺，身上的汗狂流，全身都濕了。

離開工廠時已經天黑，想要回家趕緊洗個澡，卻在大廳看到田松源。我很意外，他怎麼會在這裡？他見到我回來，給了我一個微笑，向我走來，將手上的東西遞給我。

「我去公司找妳，但她們說妳不會回辦公室了，有同事給了我妳家的地址。剛經過妳之前愛吃的那家店，就順手買了。」我看著他手上的那包東山鴨頭，想著公司裡居然有人敢給他我家地址，除了正美，實在想不出是哪個新手了。

「我已經不愛吃了。」我說。

他一愣，後不好意思地笑了笑，「沒有想到妳不愛吃了。」

「我連酒都很少喝了。」但主因是因為太忙，太需要清醒，而不是不喜歡。當然我不會向他解釋這麼多。時間一直往前走，我們怎麼可能都不會變？人一直在變，在離開彼此的那段日子，我變成了現在的樣子。

「真是不好意思。」他縮回拿著東山鴨頭的那隻手，但我終究不忍心，伸手接過那袋食物，見他露出了開心的表情。

我嘆了口氣對他說：「謝謝你的好意，但我希望不要再有下次了，我們還是保持一點距離比較好。」

「為什麼？」他說。

「因為我不想再被你女友潑第二次水。」我說，我想他可以明白。

他看著我，過了一會兒才點了點頭，「我知道了，妳上樓吧！」

「我送你出去。」我說。總不能拿了東山鴨頭還拿蹺吧！

我陪著他走出公寓大門，目送他開車離去。希望我曾經愛過的他，現在仍是這麼好的他，可以平安順利，一直幸福。

回到家後，我洗了個澡，打給湯湯，「她後來待了多久？」

「差不多十分鐘，因為無聊就走了。妳怎麼沒有告訴我們，妳媽回來了？」

「不想嚇死妳們。」

「但今天我們已經嚇死了。妳沒事吧？她住哪？」

「飯店。」

「她願意？」

「不願意也沒辦法。」生活本來就是有千百個不願意，丁秋祝得要認清，我永遠不會是那些討好她的男人們。

「她回來幹嘛？」

「要我去美國參加她的婚禮。」

湯湯一陣無語，「妳媽跟我媽加起來除以二該多好。」

想起湯湯那個死守著丈夫一輩子最後自殺以終的媽媽，再看看我這個換過無數男友和老公的媽媽……我完全同意湯湯的想法。

「妳真的不去？」她繼續問。

我笑了笑，「妳說呢？」

她嘆了口氣，「這場仗有得打了。」

「不會，她趕著回去辦婚禮，不可能花太多時間跟我耗。」這點我是有算過的。

「希望如此。妳保重，有事隨時說，我和茉莉會支援。」

「好。」有戰友，我還怕打輸嗎？

總以為做好準備，就不會被日子打敗，但當你可以好好面對某件事時，另一件事就會出現，殺得人毫無招架之力。

本想著和田松源保持距離，我就可以遠離雷妮這個暴風圈。誰會想到，不過就短短幾天時間，雷妮就在全公司一起開會的這一天，氣沖沖地衝了進來，大聲質問我，「妳和田松源到底是什麼關係？」

我莫名其妙，再看著跟在後頭一臉著急的雷愷，更是莫名其妙。

「現在是怎樣？」我好奇地問。

雷愷拉著雷妮，「妮妮，有話好好說，妳不要這樣。」

雷妮回頭吼他，「我怎樣了？明明就是她怎樣！」

「我怎樣？」我問。

「我之前問過源源，他說你們只是朋友，但為什麼他最近每天打給妳？」她換個目標對我吼。雷愷看著我，一臉期待我的回應。我不知道他對我有什麼期待。

「打電話能代表什麼嗎？聊些工作上的事而已。」

「妳騙人！哪有工作上的事聊了兩個多小時。」

「妳查他手機？」

雷妮被抓包，惱羞成怒，「我需要查嗎？我們源源說我可以光明正大看他手機。」

「那他都這麼光明正大了，妳還在擔心什麼？」

她一愣，馬上改口說：「我才不擔心他，我擔心妳，妳想搶走我的源源。」

「我沒興趣。」我說。真的沒有了，重逢後的悸動只是一時，那也不代表我會想和他復合。

雷妮不屑地看著我，「最好妳沒有興趣，我們源源又帥，背景又好，多少女生喜歡他，妳怎麼可能不喜歡？」

雖然覺得雷妮本人真的很雷，但有時候又覺得她雷得單純。我有耐心的時候，還會稱讚她一句可愛，但現在我沒有，只想叫她快點離開，她嚴重打擾到我們的開會進度。「妳對男朋友有自信，那是妳的事，不要把其他女人拖下水。請離開，我們要開會了。」

最後一句，我是對著雷愷說的。他當然懂我的意思，拉著雷妮就要往外走，「走了，我送妳回家。」

雷妮走了兩步又再回來對我叫囂，「如果讓我知道妳勾引我男朋友，我是不會放過妳的！」

「隨便妳。」煩死了。

雷愷拖走她後，我讓大家休息一會後再開始。看了一齣鬧劇，相信大家都累了，而我最累。我趴在桌上，覺得厭世。

「喝一口。」茉莉的聲音從頭頂上傳來，我抬頭看著她端了杯水給我，「符水，阿紫奶奶交代的。」

「不喝。」根本沒有用。

茉莉只好自己喝掉，把杯子拿下去還給阿紫奶奶。正美走到了我面前，一臉認真地對著我說：「丁姊，我替妮妮的無禮向妳道歉。」

「沒事。」

「妳會怪她嗎？」

我搖了搖頭，我比較想怪我這可笑的人生。

「謝謝妳。」正美給了我一個微笑。

希望雷妮明白，她可以這麼毫無後顧之憂地橫衝直撞，是多少人在背後替她收拾殘局的緣故。我想起了總是站在她身後的雷愷，有這樣的哥哥真好。

然後我想起我那兩個音訊全無的大哥和二哥，對他們的所作所為感到失望。即便我再愛他們，也不會再為他們多做什麼了，他們的人生該要自己努力。不只他們，我也是。

不給別人的生活帶來困擾，才是真正為自己負責。

如果說我從哥哥們的身上學到了什麼，我只會說兩個字：看開。

但有一個人還看不開，傳了封簡訊過來：晚上六點半，在醉月軒，我訂好包廂了。

丁秋祝傳的簡訊，我已讀不回，反正我不會去。她似乎知道了我的打算，又馬上傳來另一封：妳不陪我吃飯沒關係，聽說阿彪的新女友是妳介紹的，我只好叫她請我吃飯了。

這是一個媽媽該有的樣子嗎？

她懂我有多不想要讓無辜的人，無端捲入我們的恩怨當中，更何況是那個溫柔婉約的嚴華阿姨，肯定會在丁秋祝那裡吃虧。

我接到簡訊就開始臭臉，這是一種無意識的反抗動作，但看在旁人眼裡，嚇得連話都不敢跟我說。茉莉看不下去，直接走到我位置前面說了一句，「妳要不要先下班？」

「為什麼？」

她拿起桌上我的鏡子對著我，我差點被鏡子裡的自己嚇哭，倒彈在座位上。

「這就是為什麼。」茉莉說。我抬頭看著大家戒備的樣子，真心覺得抱歉。

「妳到底怎麼了？」

我把手機簡訊拿給茉莉看，她氣得咬牙切齒，「妳媽真的很誇張！」是啊，誇張了這麼多年，都不會累。

「時間差不多了。」茉莉指著時鐘，顯示六點。

我嘆了口氣，不甘願地離開位置。茉莉拍了拍我的肩，「加油！」

我點了點頭，「我會活下去。」接著離開辦公室，還給大家一個情緒乾淨的工作環境。

到了餐廳，我硬是在停車場裡，坐到了六點四十分才肯下車進去。服務生帶位，我一走到座位，便看到了大哥和二哥也來了。我們對看了一眼，誰也沒有先說話。

只有丁秋祝自己一個人在自嗨。她毫無節制點了一堆吃的，服務生一離開，她馬上開心地說：「好久沒有一家人一起吃飯，真好。」

沒有人理她。

我看著大哥連鬍碴也沒刮，一臉憔悴，不曉得又受了大嫂多少折磨，而二哥臉上又多了大大小小的傷痕，連手臂都貼了貼布，不曉得是不是又在店裡跟人家打架。

我在心裡嘆了口氣。不關我的事，不要雞婆。

「我下個月的婚禮你們都要來參加！」丁秋祝說。

「我不要去。」三兄妹難得的默契。

丁秋祝生氣，「機票錢我老公會出。世豪！你就算把全家都帶來，我老公他也付得起。」她最強的永遠都是搞不清問題在哪裡。這是錢的問題嗎？不是！是她的問題啊！這件事她到底要什麼時候才會明白？

大哥突然像是被鬼附身一樣，對著丁秋祝大吼，「妳有錢關我什麼事？」

我和二哥同時被他嚇到。就算再對丁秋祝不滿，大哥也從未這麼大聲對她說過半句話。比起我的叛逆和二哥的毫不在乎，大哥算是丁秋祝的唯一寄託，至少有個小孩真的把她當媽。

大哥還在青春期嗎？

正當丁秋祝還在為大哥的大聲震驚時，我看到服務生帶了彪哥一家三口，還有田松源，走向我們隔壁桌，頓時心裡湧上了全世界最髒的髒話！我和彪哥又不是冤家，為什麼路這麼窄？

彪哥一家也發現了我，原來「面面相覷」這句成語，就是用在這個時候。

丁秋祝也回神，見到了彪哥，開心地起身走了過去。我全身冷汗直流，只聽見丁秋祝熱情喊著，「阿彪，怎麼那麼巧？」

彪哥也一臉尷尬笑著說：「是啊！是啊！」

然後我突然警覺到一件事，就是田松源也在現場。

四年前，我和他交往的時間不算短，他見過我媽，也見過大哥、二哥，但他現在是雷妮的男友。大哥和二哥看到田松源時也愣了一下，同時看著我。我感覺不能再放任丁秋祝在隔壁桌發瘋，起身要抓回她時，一切都已經來不及了。

「你好面熟啊！你不是我們家丁熒之前的男朋友嗎？」她看著田松源問。

時間頓時像是被靜止了一般，我看著雷愷和彪哥震驚的表情，還來不及看清雷妮的反應，已經又狠狠被潑了一次水。幸好那杯茶已經涼了，不然我可能就要被「沖脫泡蓋送」了。

田松源搶下雷妮手上的杯子怒吼，「妳怎麼那麼野蠻？」

雷愷趕緊抽出桌上的紙巾幫我擦臉。大哥和二哥衝了過來，生氣地叫罵。大家有志一同，難得團結，「他媽的，妳在幹嘛？」

彪哥趕緊起身幫忙擋著，「阿龍、阿豪，你們別這樣，她只是個小女孩。」

丁秋祝一臉無辜，不知道發生了什麼事。

雷妮吼著田松源，邊說邊哭，「不是說朋友嗎？為什麼是前女友！你一定是想要跟她復合對不對？所以最近才不理我。要不是我爸打給你，你也不會和我出來吃飯，對不對？」

田松源的不語，讓我成了壞人，我不懂他為什麼不解釋，我們明明就沒有怎樣。

雷妮想要把氣出到我身上，衝向我，伸手就想要給我一巴掌，卻被雷愷抓住，換他給了雷妮一巴掌，生氣地罵，「妳鬧夠了沒有？因為媽生完妳就過世，我和爸心疼妳，讓妳予取予求，是想要讓妳在愛裡長大，不是讓妳在愛裡刁鑽。我們是這樣教妳的嗎？」

雷妮大哭了起來，伸手猛打著雷愷，「你怎麼可以打我！你怎麼可以打我！你是我哥哥啊！為什麼不幫我說話。」

雷愷表情也很難過，我真是一切的罪魁禍首。

田松源就在此時把我推入地獄，冷冷地對雷妮說：「妳說的沒錯，我想和熒熒復合。我們分手吧！」

我瞪了大眼睛看著他，大家也瞪大了眼睛看著我們。

在我還沒有回過神的時候，田松源已經轉身拉著我走出餐廳。我聽到身後，雷妮崩潰的痛哭聲。

這是夢嗎？一場醒不過來的惡夢。

Chapter 9

我的腦子一片空白。

走出涼爽的餐廳，吸入戶外悶熱的空氣，街上的車聲、人聲瞬間讓我回神。我用力掙開了田松源的箝制，對著他大吼，「你是不是瘋了？你要分手是你的事，為什麼要拖我下水？」

田松源一臉歉疚，「對不起，熒熒，但我剛說的都是真的。我忘不了妳，我想要我們能像過去一樣那麼快樂。妳不想結婚，我們就一輩子不結婚，開開心心在一起就好，好不好？」他緊抓著我的手。當初拒絕他的求婚，他只是默默離開，一句話都不說，從未這樣哀求過我。

「我們不可能在一起了。」不管有沒有雷妮，都不可能。

「為什麼，妳連這樣的機會都不肯給我嗎？」他拉著我，不讓我離開。

我覺得講再多都沒有用，狠心地說了一個字，「對。」

田松源一急便把我拉進懷中，死命抱著我，「熒熒，妳不要這樣，我知道妳不是這麼狠心的人……」

我忍不住掙扎著，「放開我！你放開我再說……」我推不動他，找不到施力點，我打阿 Ben 的功力，無法發揮在他身上。

突然田松源抱住我的力道消失了。

我抬頭一看，雷愷正推開田松源，把我拉到他身後，冷冷地對著田松源說：「難道你不知道，你的舉動傷了兩個女人嗎？」

田松源瞪著雷愷，「你在這裡做什麼？你不是該關心雷妮嗎？你和熒熒是什麼關係？」

雷愷理都不理他，淡淡給了他一句，「關係從來就不代表什麼，就像你曾經是她的男友，但卻害她擔了那麼多罪。你讓你們曾經的關係，變得多可笑。」

然後，雷愷帶著我走人。

他把我推進了他的車裡。我對著他說：「我可以自己回去。」但雷愷沒有理我。

我繼續說：「你該去找你妹妹的。」他打了雷妮那巴掌，下場不知道會是什麼？

雷愷轉頭看著我，「不找了，她需要長大。」

我一臉意外，這個寵妹狂魔說要讓妹妹自己長大，天要塌下來了嗎？

他繼續說，「從小她要什麼，我就會想辦法滿足她，我爸也不曾拒絕過她的要求，總覺得她還小，但想想她也真的不小了。」

我不予置評，只是覺得雷妮應該會恨死我。

「你這次怎麼不誤會我了？」我問。

他心虛地愣了一下，然後說：「因為有經驗了，我知道妳不是那樣子的人。」

看他說的這麼堅定，我心裡一陣感動，但嘴上卻不想承認。

他開著車在市區亂繞，我的心情慢慢平靜下來，最後，我決定結束這晚的鬧劇。

「送我回餐廳去取車。」我說。

他沒說話，我們一起回到了餐廳。見他把車子開到停車場停好，我疑惑地說：「在門口讓我下車就好了，幹嘛還特地停車？」

他沒回答我，直接下了車，我也跟著下車，才要走去取車時，他說了一句話，「幫我個忙。」

雖然愣了一下，但畢竟他剛對我有恩，我跟了上去。

他又帶我走回餐廳，剛剛的那場混亂已經過了兩個小時，客人早換了一批，但服務生還是認出了我們，看著我的眼神有點閃爍。

「幹嘛進來啊？」我拉著雷愷低聲問。

他回頭給了我一個微笑，「烤鴨都訂了，不吃白不吃。」

我因為這抹笑容而怔神，恍惚坐到了位置上，但總覺得這樣很不對勁。我起身去了洗手間，想試圖撫平心裡怪異的感覺時，卻在鏡子裡看到，衛生紙竟黏了我整臉。

一定是剛剛雷愷幫我擦臉時沾上的，但他卻放任我這樣沿路嚇人，我拿下臉上的衛生紙，氣沖沖走回位置，「你怎麼都不跟我說，我臉上有東西？」

他卻對我說：「有什麼關係，還是很漂亮啊！」

我頓時氣消。一句好話就收買了我，真的是很不應該。

沒好氣坐回位置，沒多久，烤鴨的香味竄入了鼻尖，我開始有了飢餓感。

菜一上，我和雷愷沒說半句話，一直吃東西。服務生走過來推銷，「您好，今天酒類半價，請問有需要嗎？」

我好掙扎，今天的確適合好好喝一杯，但是明天還有工作……

「麻煩酒單。」雷愷結束了我的掙扎。服務生一退開，他對著我說：「想喝就喝，想那麼多幹嘛？」

既然人家這麼說了，我只好點了酒……一杯接一杯。細胞頓時活了過來，一直喝到餐廳打烊。我告訴雷愷，「我還沒有喝夠。」

他點了點頭。整晚半滴酒都沒有沾的他，帶我去續攤……一攤又一攤。

能量開始釋放，就是四個字：不醉不歸！

這一晚，我難得的喝到吐，雖然身體很不舒服，但心裡卻好暢快。雷愷當了我一整晚的司機加酒伴，我只記得最後自己說了一句，「幫我叫計程車。」就整個睡翻了！

當我因口渴而醒來時，發現自己躺在汽車旅館裡。我嚇得跳了起來！跟不熟的人一夜情就算了，大不了轉身兩不相見，但如果跟認識的人一夜情，那真是剪不斷理還亂。

幸好，我看到了躺在沙發上，衣衫完整的雷愷。

一放下心，我又倒回床上繼續睡，但再次醒來時，雷愷竟睡到我旁邊！我只要再稍微抬頭五公分，就會吻上他！我嚇得往後彈了一下，直覺伸出腳，狠狠把他踹下床。

「啊！」他大叫。

我趕緊湊到床邊往下看，沒想到床下方是一片造型鵝鑾石，他整個人就像摔在健康步道上一樣唉唉叫。

我急忙扶起他，他沒好氣地瞪了我一眼。我覺得委屈，「因為你靠得太過來了！」

「我在沙發上睡得腰痠背痛，剛上來借躺一下，妳有必要這麼激動嗎？」他抗議地說。

我只能道歉，「對不起啦！」

他淡淡瞥了我一眼，「妳頭不痛嗎？沒宿醉？」

我搖頭。天生麗質，出生就是為了要喝酒，頭從不痛、也不知道什麼叫宿醉，喝酒臉不紅氣不喘，只是喝太多還是會喝醉。我可是那種可以喝到早上，直接去上班的人……雖然走路會有點晃。

他一臉訝異，「太扯了，妳知道妳喝了幾攤嗎？」

我搖了搖頭，喝醉的人怎麼會知道自己喝了幾攤？他用力比出「五」的數字，我忍不住驕傲起來。

「真的？我好久沒有喝了，沒有想到還是寶刀未老。」好滿意這樣的戰績。

「妳真的是……」

「怎樣？喜歡喝酒犯法嗎？」最討厭連喝酒都有性別歧視。男生很會喝叫帥，女生很會喝叫糟。

他笑了出來，「為什麼妳愛喝酒這件事，感覺這麼正常啊！」

我懶得理他，抬頭一看，床頭櫃上的時鐘，居然顯示六點半。我好奇地問，「現在這是早上六點半，還是晚上六點半？」

他也一愣，走到窗邊拉開窗簾……天是暗的。我們對看了一眼，然後迅速整裝。

誰想得到，不過就是「睡一下」，結果卻睡了一天一夜。

離開汽車旅館時，工作人員解釋，「我們有通知兩位退房，但是小姐叫我們不准吵，所以就自動加一晚了。」

雷愷瞄了我一眼，我真的是為我的起床氣窘得百口莫辯。

在車上我手忙腳亂拿出手機，而他指使我從他外套的口袋裡，也取出手機……原來我們兩個的手機都沒電了。一整天沒有消息，湯湯和茉莉應該找我找得很急。

「開快一點。」我說。

「安全重要。」他說。

「走那裡明明比較快。」我說。

「那條路現在會塞車。」他說。

就這樣一路吵到了餐廳，下車時，我倆同時向對方說了一句，「回家小心。」接著兩人對視，都笑了出來。

雷愷補了一句，「有事打給我。」

我也自然回應，「好。」

總覺得哪裡怪怪的……但我沒時間多想，開了車趕緊回家。電梯到達住的樓層，門才一打開，飛黃騰達就衝向了我，開心地喊著，「姑姑！」我差點站不穩。

抬頭一看，大哥用比昨天更憔悴的模樣，站在我家門口，一旁還有幾包行李。我沒問他，直接先開了門，讓飛黃騰達進屋，然後走到門口，看著遲遲不進來的大哥。

他說：「如果妳不想認我這個大哥，我可以去睡別的地方，但是飛黃騰達麻煩妳幫我照顧幾天，我……」

「你好煩！」我打斷廢話，伸手幫他提了行李進來，大哥才跟了進來。

整理好了客房，我讓大哥帶飛黃騰達去洗澡，順便提醒他，「也把你自己弄得像樣一點！你再不刮鬍子，小孩連爸爸長怎樣都搞不清楚。」

他看著我，接過毛巾，說：「謝謝。」

大哥帶小孩去洗澡後，我馬上叫了外送，然後打給湯湯和茉莉，告訴她們，我沒事，也很好。但湯湯不相信，因為彪哥一早就到公司找我，把昨晚發生的事都告訴她們。大家急得找不到我，很擔心我發生了意外，連雷愷和雷妮也整晚沒有回家。

我怎麼好意思說，我跟雷愷去了汽車旅館？只能告訴湯湯，明天進公司再和她說。

結束通話的同時，大哥帶著飛黃騰達從浴室裡出來，他總算恢復過去乾淨斯文的樣子。小孩一看到滿桌的食物便開心地吃了起來，直喊「姑姑萬歲」！我遞了碗牛肉麵給大哥，他接過去後又放下，心事重重，欲言又止。

除非大哥開口，不然我不會發問。

太久沒有看到飛黃騰達，我也很想念他們，開心地陪他們聊天吃飯。飛黃最近和小女朋友分手了，騰達則說他不想去學校，因為他覺得最近營養午餐太難吃了！我們嘻嘻哈哈，大哥則像是跟我們處在不同世界一樣。

「我和你大嫂離婚了。」

他在我吃下麻辣豆腐的同時，突然拋出震撼彈，我差點被嗆死。

騰達大笑，「姑姑，妳只會賺錢不會吃飯嗎？」

本想瞪他，但小孩心裡不能留下陰影，我於是收回凶狠的眼神，用力地捏了一下他肥嫩的臉，「你最會吃，快點給我吃完！」

騰達一臉準備開賽的猛樣，「好，我吃贏妳。」接著大口大口吃飯。

搞定小孩，我抬頭看了一眼大哥。他苦笑，繼續說著，「我爸失蹤了。」

我一愣，「怎麼會？」

「大概是不想讓我難做人吧！妳大嫂一直提出要送我爸去療養院的事，我爸不想讓我們為了他吵架……昨天晚上我回到家時，他就不見了，今天早上接到他的電話，要我不要找他，好好過日子。」

大哥紅了眼眶，哽咽地說著，「妳知道嗎？當下我只有一個念頭：為什麼我不早一點離婚？到底在堅持什麼？妳說的都沒有錯，是我太固執了，才會害我爸離開，害小孩每天看父母吵架，更害自己這麼不快樂。」大哥越說越激動，哭了出來。

飛黃騰達見狀馬上放下筷子，衝進大哥的懷裡。

「爸爸，你不要哭，我來安慰你！」

「我的飯都給你吃！」

我也紅了眼眶，但沒有人來安慰我。我是不是該生個小孩？至少他會給我飯吃。我偷偷擦去了眼淚。

大哥抱著兩個小孩，抬頭對我說：「我們今天把手續都辦完了，她拿孩子跟換我房子、車子，所以我們現在沒有地方住……妳可以收留我們幾天嗎？等我租到房子就馬上搬走。」

我沒好氣地瞪了大哥一眼，「我家就不是你家嗎？收留兩個字，你也好意思說出口！隨便你要住多久。」

「謝謝。」大哥一臉感激地看著我。

「兄妹之間有什麼好謝的。你快吃飯，我們再想辦法把大爸找回來。」這才是現在我們該做的事！

大哥點了點頭，放鬆安心地吃起飯來，大哥突然說：「妳不應該倒酒給我嗎？我一直以為，聽到這個消息，妳會幫我慶祝。」

「是該慶祝。」我笑了出來，從冰箱拿出兩瓶啤酒。

這時，大門突然被打開。我和大哥同時轉頭一看，哭花了臉，比飛黃騰達更像小孩的鄭之龍走了進來。他坐在沙發上繼續哭，飛黃騰達立刻把安慰對象換成鄭之龍。

「二叔叔，你不要哭，會被我媽打的！」

「叔叔，我明天的飯都給你吃！」

鄭之龍被兩個小小身軀安慰，卻哭得更大聲，好像過去三十幾年他都沒有哭過一樣，這次要哭個夠本。

原本覺得心疼，但是十分鐘過去，我和大哥已經開始心煩，「你還要哭多久啊？」大哥挖著耳朵，覺得耳膜不舒服。

「我要哭一輩子。」鄭之龍負氣回應。

在他淒厲的哭聲中，我和大哥把飯吃完，把酒喝光，同時看了一眼鄭之龍，再同時嘆了一口氣。

「你不餓嗎？」我問。

他擦著眼淚，點了點頭，走到餐桌前坐下，很自動地吃起桌上的披薩、滷味和餛飩湯。大哥見他情緒平復了不少，便開口問他，「你在哭什麼？」但話才剛一說完，鄭之龍就把筷子一放，身體又開始抽動，感覺這一哭會是永恆。

「停，你要繼續哭就給我出去！」我在他眼淚要掉出來的前一刻制止。

鄭之龍收起了眼淚，一臉正經地望著我，「Maggie 有跟妳聯絡嗎？」

我搖頭，「我有跟她要過電話號碼，但是她拒絕給。」

「她消失了。」二哥說完，大哥的表情跟他一樣凝重。

我嘆氣，又一個？「我不懂你的意思，什麼叫做她消失了。」她肚子裡可還有小 baby 啊！

二哥看著我們，掙扎了一會，鼓起勇氣說：「其實我好像愛上 Maggie 了，但因為我的不敢給承諾，所以才把她從我身邊推開。我沒有想過她會為了我自殺，我真的嚇死了！」

「但是你沒被嚇死，你還活著。」我冷冷地說。

鄭之龍點了點頭，「對，但我生不如死。每次到她家門口，我都不敢進去，看到她因為我受傷，我就好想死。」

明明他媽不是我，為什麼我有一種恨鐵不成鋼的感覺。

「跟妳吵完架，我覺得自己很孬，想了一個晚上，隔天就去找她，可是卻被她媽趕出門。後來我每次去都被打，但是越被打，我就越想去找她，也不知道為什麼……我是不是有被虐狂啊？」他小心地問著我們。

我和大哥點了點頭，他自己也點頭。

「今天我再去找她，她媽又打我，說 Maggie 失蹤，不知道她去哪裡了。我去了我們去過的所有地方，但都找不到她。我覺得要世界末日了，怎麼辦？地球要毀滅了！」他伸手抓著自己頭髮，一臉焦躁。

「世界不會末日，地球毀滅也是你死了以後的事。」我說。

他哭喪著臉，「妹，怎麼辦？我會不會永遠找不到 Maggie 了？」

「會。」還有你的小孩！我差一點就說出來了。

鄭之龍一聽，忍不住崩潰地用頭敲桌子。

「你真的愛她？」我問。

他抬頭看著我，然後用力點頭。

「你真的願意照顧她一輩子？」我繼續問。

他掙扎了一會兒後說：「我很願意照顧她，但是我不知道是她會先死，還是我先死，如果我先死，就沒辦法照顧她了，這樣算不守約嗎？」

「那你就多積點陰德，看能不能活久一點。」這是最好的解決方式。

他嘆著氣，仍是一臉絕望，看起來好無助的樣子。

我對著二哥說：「不要放棄繼續找 Maggie，我不相信她永遠都不和家人聯絡，守株待兔你懂嗎？除非你不想守。」

「我守！」鄭之龍大吼，好像想要全社區的人都聽到一樣。

「你加油。」大哥鼓勵他，他點了點頭，然後看向我，一臉很需要我支持的樣子。

「好吧，你加油。」我沒好氣地說。

鄭之龍這才安心的朝我們撲了過來，緊緊抱住我和大哥。

「下次再吼我試試！」我捏了鄭之龍的背後，他唉唉叫。

「好啦，我會小聲一點。」

每次他們惹我生氣，我都無數次想要登報斷絕關係！雖然我想要他們跌倒、想要他們學乖，但更想要他們快樂。吵了一次又一次，也和好了一次又一次，我想全世界最矛盾的關係，就是家人吧。

但丁秋祝不是我的家人，她只是有血緣關係的陌生人。

擁抱之後他們放開我，盤問起昨天晚上發生的事。

「妳前男友跟彪哥的女兒在一起喔？」

「妳搶別人男友喔？」

「後來妳去哪裡了？」

「媽超扯的，妳跑出去了，她還叫服務生上菜。」

「誰要去參加她的婚禮，煩死了。」

一整晚，我們三兄妹都在說別人壞話，這才發現，說人家壞話真是紓壓，只是要做好下地獄被拔舌頭的心理準備就是了。

隔天一早，我被煎蛋的香味擾醒，走出房間，看到二哥在做早餐，大哥在倒牛奶，飛黃在幫騰達穿襪子，騰達在幫飛黃戴帽子，見我出來，兩人開心地喊著「姑姑早安」、「姑姑妳的早餐給我吃」……

「早安。」大哥和二哥同時對我微笑。

這畫面真的是太美好，我好想一直看。

但坐上餐桌，美好的畫面馬上幻滅，大哥吼著飛黃，「不要挑食，菜菜吃掉！」又吼著騰達，「你吃慢一點，沒人跟你搶。」二哥打開著電視，像耳聾一樣音量調到最大，看著足球比賽，射門得分，「Yes！」鄭之龍開心的跳起來，不小心打翻牛奶，騰達乾脆跳下去舔！大哥開始大吼，飛黃趁機把菜吐掉，大哥瘋狂大叫，二哥又踩到牛奶滑倒……我坐在位置上，看著我一家子群魔亂舞。

我的家庭真可愛？沒有。整潔美滿又安康？沒有。

到了公司，都還沒有站穩就被湯湯和茉莉抓去審問，我也只好老實招了。有時候坦白是為了不讓事情變得更麻煩。

「妳和雷愷在汽車旅館真的什麼事都沒有發生？」茉莉一臉不可思議地瞪著我。

我點頭，但她卻看不起我。

「是他有毛病，還是妳有毛病？」

「妳才有毛病，他是廠商耶，好女不吃窩邊草啊！」我說。

湯湯突然接口，「我覺得妳前男友好糟，以他的身分地位和經歷，不應該是這樣處理事情的人。」

我聳了聳肩，「反正不會再見了。倒是妳昨天說，雷妮也整夜沒有回家？」

湯湯點頭，我趕緊打電話給彪哥。

「彪哥，對不起，前天害你們全家沒能好好吃一頓飯。」我說。

彪哥在電話那頭笑了笑，「有什麼好對不起，我女兒那麼沒禮貌，我才要說對不起。」

「她回家了嗎？」

「沒有，雷愷和我說好了，這次不能再慣著她了。」

「這樣好嗎？她一個女孩子家……」

彪哥打斷，「妳也女孩子家，大庭廣眾之下這麼難堪。別說了，她身上有錢餓不死，朋友一堆，有的是地方住，看她要耍多久脾氣，都隨她。」

見彪哥和雷愷突然像變了個人一樣，我真的覺得好神奇，以前他們一個怕女兒生氣，一個怕妹妹受委屈，現在卻不管她，難道真的快世界末日了嗎？

我突然想起，「對了，平常你和大爸不是偶爾會去下棋嗎？大爸和那些棋友熟嗎？」

「問這個做啥？」

我把大爸的事告訴彪哥，彪哥氣的不得了，「怎麼會有這種惡媳婦啊！之前我去找妳大爸，她都要酸人，要不是看在阿豪的份上，我就罵下去了啊！離得好，早該離了。」

「你幫我問問棋友，有沒有大爸的消息，好不好？」

「這有什麼問題，我一定幫忙找。」彪哥拍胸口保證。

結束通話後，湯湯和茉莉也表示會幫忙，路上多留意。

「大哥還好嗎？又要工作又要帶小孩。」

「我可以幫忙接送。」

「妳如果太忙，可以把工作分一點出來。」

「共體時艱。」

「相忍為國……」

我感動在心裡，但是不能再麻煩她們了。

回到座位上開始工作，看到正美和阿泰在研究布料。我走了過去，開口問：「正美，雷妮現在住在妳家嗎？」

她一愣，點了點頭，「對，怎麼了嗎？」

我搖頭，「沒事。」回身繼續工作。

昨日一整天沒有進來，積了很多工作量，下午還得分身接送飛黃騰達去安親班後，再回來繼續工作。下班時間到時，小妃過來問我，「丁姊，需要我陪妳加班嗎？」

我感激地搖了搖頭，「妳昨天已經幫了我很多，早點回去休息，剩下的我自己處理就好。」

小妃點了點頭，「有需要，隨時 call 我。」她轉身收拾東西，我繼續埋頭苦幹，拿起馬克杯才發現沒有咖啡，只好起身走到茶水間，卻看到小妃在整理茶水間，而正美站在一旁喝著水。

「妳不覺得丁姊很不敬業嗎？不準時上班，又常常去忙家裡的事。」正美抱怨地說。

我一愣，但一下秒小妃爆氣，「忙家裡的事又怎樣？丁姊在家工作到早上，我們可是在睡覺，而且她是老闆，妳不覺得妳管太多了嗎？」

我不是因為正美的數落覺得驚訝，而是那個唯唯諾諾的小妃，竟然進步到可以罵人了……我欣慰地離開。旁人的冷言冷語聽聽就好，我本來就沒有打算做到讓全世界都滿意。

像沒事一樣，小妃、正美和我說了再見，湯湯和茉莉也下班了，我一個人留在公司裡，正覺得安靜舒服的時候，阿紫奶奶不知道什麼時候出現，又拿了杯符水給我。我馬上喝掉，希望她趕緊轉身下樓，但她沒有，一屁股坐在我面前。

「上次那個來找妳的年輕人，不會就是妳先前說差點結婚那個人吧？」

「不知道。」我低著頭看合約內容，隨口應著。

「多久前的事啊？」

「以前的事。」

「如果是差不多四年前的事，那他有可能是妳的真命天子。」

我抬起頭來看著阿紫奶奶，「真命天子是什麼？可以吃嗎？」

她沒好氣地瞪著我，「妳嫁了，就可以每天吃；沒嫁，就一輩子吃自己了。」阿紫奶奶的雙關語也用得不錯。

「所以妳沒看我多認真工作，我打算一輩子吃自己啊。」我繼續看著合約。

阿紫奶奶氣得站起來，「不跟妳說了，死腦筋！」

我看著她氣呼呼離開辦公室，到底是不婚的我死腦筋，還是硬說田松源是我真命天子的阿紫奶奶死腦筋？

我不相信什麼真命天子，比較相信我的存摺。

託阿紫奶奶的福，我更努力工作，就在處理完最後一件事的時候，大哥打了電話給我，「下班了，我們在樓下。」

我趕緊關好門、關好燈、跑下樓，就看到鄭之龍的車停在門口，大家都在車裡。飛黃騰達按下車窗，對著我喊「姑姑，我們來接妳了」、「姑姑，快點！我要吃飯了」。

我走近車旁，二哥對我笑著說：「走了，一家人一起吃飯。」

我笑了笑，坐上了上車。這才是一家人啊。

餐桌上，我們各自報告今天發生的事。我說大家會幫忙找大爸，大哥安心了不少。二哥說他今天又去 Maggie 家，她媽都懶得打他了，這也是一種進步。飛黃今天拒絕了女同學的表白，騰達午餐吃了三大碗……

我們望著彼此，在對方的目光中，發現一切會越來越好。

常常被挫敗打好打滿，在你覺得要放棄世界的時候，卻總有人不想放棄你，有時是家人，有時是朋友，有時是自己……接著牙一咬，還沒回過神時，就出乎意料地撐了過來，這就是生活。

開心吃了飯，席間我們三個人的手機輪流響，卻很有默契地選擇不接。美好的晚上像微風一樣，輕輕吹一下就過去了。送二哥回店裡時，我看到雷愷從辦公大樓附設的便利商店走出來，一手拿著一個三角飯糰隨口咬著，一手拿著資料在看。

我對正準備開車的大哥說：「等我一下。」

接著我下車，經過雷愷旁邊。他發現是我，愣了一下，但我直接衝進便利商店，買了一個便當，還有茶葉蛋和關東煮，再跑到他旁邊把那袋食物直接掛在他手上。他一臉莫名。

「只吃這樣不夠營養。」我說。

「可是，為什麼妳要買給我？」他笑著問。

「昨晚你陪我喝了那麼多攤，今天看你只吃這樣，我心裡過意不去。誰叫我講義氣呢，走囉！」我說完就跑回車上，心突然怦怦跳。

一坐上車，飛黃騰達就起鬨「喔喔喔！姑姑談戀愛」、「姑姑為什麼不買給我吃」！我生氣，「吵死了。」又從後照鏡看見大哥臉上似笑非笑，「笑屁啊！你不要亂想。」

「我又沒有想什麼。」大哥反駁。

「你有。」我說。

「我沒有。」

「你有！」一路吵回家，再吵了一晚各自回房，好熱鬧的家，我好喜歡。

🍸

一早起床，仍是像打了一仗，才各自出門，二哥則是回房間補眠。我先去了工廠，請阿姨下星期為新產品挪出兩條生產線。湯湯辛苦這麼久的設計，終於要開始量產。拜託組長阿姨好久，差點就要下跪，對方才勉強答應。畢竟現在是旺季，很多客戶都在追單，他們也快要忙不過來，看在 weup 平常關照他們最多，才擠出時間和生產線來幫我們。

我開心地打回公司報告好消息後，彪哥突然來電。

「小熒，快來醫院，我看到阿村了！」大爸叫葉健村。

「抓住他，我馬上到。」

然後我聯絡給大哥，說現在要去接大爸，大哥馬上說他要跟我去。我到了他公司樓下接他，兩人一起到了醫院，就看到掛號處前方，大爸正想往前跑，後頭彪哥緊緊抓住他，一旁的保全猶豫著該不該上前幫忙。

我和大哥衝了過去，大爸看到大哥，瞬間紅了眼眶。「不是叫你不要找我，早知道就不要來拿藥了！我乾脆去死一死算了，一堆病痛，還要拖累你。」

大爸瘦了一圈，看得我都心疼。「大爸，你不要這樣說，大哥會難過的。」

「爸，我已經和佳華離婚了，你哪裡都不要去，跟我在一起就對了！」大哥也紅了眼眶。

大爸一聽，大為震驚，哭著問：「為什麼要離婚？我都離開那個家了，你為什麼還要離婚？」

大哥哽咽，「因為我不想再繼續這樣過日子。爸，我們重新來過，一起好好過生活好不好？」

「對嘛，阿村啊！不適合的婚姻何必讓孩子硬撐？你該為阿豪開心啊！以後不會有人劈頭吼他，不會嫌他賺錢太少，不會老是說他沒有用，他也不用只靠一點點零用錢生活，多好啊！」

大爸嘆了口氣，「繞了一圈，還是這樣。」

大哥拍著大爸的肩，「是繞了一圈，我才知道什麼是最重要的。」

我想大哥心裡那個最重要的東西，就是快樂吧！

我走向大爸，「大爸，我們回家好不好？」大爸紅著眼眶，對我點了點頭，我和大哥總算能安心了。

這時，嚴華阿姨快步走了過來，手裡拿著藥袋，著急地抓著彪哥問：「你讓人跑了嗎？」

彪哥指著我們，「在那呢。」

我給了嚴華阿姨一個微笑，卻看到她突然一愣，我好奇地注意她的眼神，才發現她盯著大哥。我轉頭看向大哥，他的表情也不太對勁，「怎麼了？」我問。

「沒、沒事。」

但他看起來不像沒事的樣子，只是他不多說，我也不會多問。

我拉著大爸和大哥上前介紹，「阿姨，這是我大哥和大爸。」

彪哥也拉著她對大爸和大哥說：「這是我女朋友啦，叫嚴華。」說完還一臉害羞，「都靠小熒牽線。」

「妳好。」大哥聲音卡卡的，跟網路訊號不好緩沖的感覺差不多。

打完招呼、各自解散。回到車上，我和大爸開心聊天，大哥卻一直失神，連紅燈都差點闖過去，被我一喊才回神。我覺得不對勁。回到家，幫大爸打理好一切，直到要睡覺前，大哥都是處在神遊的狀態。

「你有事要告訴我嗎？」關房門前我問他。

他一愣，搖了搖頭。我微笑，轉身進門關燈睡覺。

人家不說的，誰都不能逼。

但直到隔天上班，我還是一直想起大哥失神的樣子。

「丁熒？」

想得太多，結果換我恍神，我尷尬地對著正在開會的眾人笑了笑——包括雷愷——不好意思地問：「抱歉，剛剛說了什麼？」

雷愷直盯著我看，「妳覺得購物車圖案還需要修改嗎？」

我拉回注意力，認真參與會議，把今天該完成的進度完成。

會議結束後，雷愷先去問了正美，「妮妮還不打算回家嗎？」

正美一愣，緩緩回答，「她說除非你們求她，她才要回去。」

雷愷似乎被氣到了，「那妳告訴她，隨便她要不要回來。」

正美受到驚嚇。我抬頭對雷愷說：「正美又不是你們的傳聲筒，有事你們兄妹自己協調。」

雷愷意識到自己的無禮，向正美道歉，「不好意思。」

正美連忙搖頭，說了聲沒關係，然後回到自己位置上工作。

為什麼我之前會覺得雷愷很像個屁孩？湯湯說的沒錯，他還滿好溝通的。

收拾物品，我準備去和布料供應廠商下訂，雷愷和我一同離開辦公室。

今天早上我是搭車來的，二哥要用車，我把自己的車先給他們用，現在正缺代步工具。拿出手機正要打電話叫車時，雷愷抽走我的手機。

「去哪？我送妳。」然後他就拿著我的手機走了。為了追回我的手機，我只好坐上了他的車，說了廠商地址。

一路上他開車，我發呆，到達地點之後，我對他說了一句，「謝謝，開車小心。」便走進布料公司，談好價格、下好訂單，又閒聊了一陣後才離開。沒想到走出來時，卻看到雷愷的車子還在原地。

「你怎麼還在這裡？」我走向前去問他。

「把妳丟下，好像很沒有義氣。」他說。

我笑了笑，「幹嘛學我？」

「妳好的地方，我是要學啊！」

這是光明正大的稱讚我嗎？

「上車。」他說。

我上了車，他開口問：「妳還要去哪裡嗎？」話才說完，我的手機響了，是二哥打來的。雷愷示意我先接電話。

我接起電話，就聽二哥沒頭沒腦地說：「我覺得 Maggie 在家。」

「什麼意思？」

「我剛在她家，看到她的咪琪。」

「什麼咪琪？」

「就是一隻很醜很髒，她從小睡覺抱到大的娃娃。她去哪兒都一定會帶著這娃娃，連出國都硬要塞進行李箱，她不可能丟下咪琪的。」

誰說二哥不愛 Maggie，我才不相信。

「你現在在哪？」

「她家外面。」

我要二哥給我地址，請雷愷再充當一次司機。

「發生什麼事了嗎?」他看我神情緊張，關心地問。

「幫我二哥追老婆。」我說。

他馬上踩油門加速，彷彿自己要追老婆一樣。

到了 Maggie 家外面，我看到二哥在那裡晃來晃去，畫面好像在醫院裡著急等待老婆生小孩的樣子。下車前，雷愷說：「幫我跟妳二哥加油，有事隨時 call 我。」

「好。」其實我有事也不會打給他，但知道有個後援在，就覺得安心。

我和二哥會合，朝 Maggie 家裡進攻。她媽一看到二哥，就是一臉「又來了」的表情，轉頭見到我，想起在醫院的事，忍不住大吼，「你連小三也敢帶來!」

「我是他妹妹，親妹妹，同母異父的妹妹。伯母好，我叫丁熒。」我笑臉迎人。我也怕挨打，伸手不打笑臉人，總之先笑就對了。

伯母馬上氣消。此時我眼尖瞄到一旁房間內，似乎有人影移動。二哥曾說過 Maggie 的父親在她小時候就過世了，有個姊姊在加拿大工作，有個妹妹在台南念書……我不覺得屋裡的人影會是她姊妹。

那就是她，就是 Maggie。

我走到伯母面前對她說：「伯母，您是長輩，看過那麼多人，一定看得出來我二哥是真心懺悔了，請給他一個機會。」

「會什麼會！他差點就害死我女兒耶，如果妳有女兒，會原諒他嗎？」

伯母這個問題真的讓我好為難，我不會有女兒啊！我又不會結婚。

正當我不知道該怎麼回答時，忽然發現客廳桌墊下放了一張產檢超音波的照片。難道Maggie 已經跟伯母說了？還是伯母自己發現的？不管怎樣，她一定是知道了，不然那張照片怎麼會光明正大放在那裡？

我決定撕破這一層窗戶紙，「我會原諒他，因為小孩需要爸爸。」此話一出，二哥也剛好跪了下去，想求伯母原諒。聽見我的話，他抬頭望著我，一臉震驚，伯母的臉也瞬間煞白。

「什麼孩子啊？」二哥緊張地問。

「你的孩子。」我說，也跟著跪了下去，「伯母，請原諒我二哥，他真的不一樣了。這麼多天以來他有多擔心 Maggie，您一定也都看在眼裡。我知道您還在生氣，Maggie 也還無法信任我哥，但請給他機會表現。您一手帶大三個小孩，一定知道那有多辛苦，您捨得讓 Maggie 也這麼辛苦嗎？」

「我就是捨不得才叫她把小孩拿掉，但她堅持要生，我能有什麼辦法……」伯母哭了出來。

突然一旁房門被打開，Maggie 跑了出來，也哭紅了眼，抱著伯母，「媽，所以妳答應了嗎？我可以把 baby 生下來了？」

伯母無奈地哭著。我們總會輸給自己真正愛著的人。

二哥的哭聲蓋過伯母，我真的覺得丟人，用手頂了頂他，「現在不是哭的時候好嗎？Do something！」二哥哭著爬到伯母和 Maggie 面前，抱住兩人，「媽，老婆！我一定會當個好老公、好女婿、好爸爸的。」

伯母一腳踢開二哥，和 Maggie 同時說「誰是你媽」、「誰是你老婆」！我紅著眼眶笑了出來。我相信剛剛二哥說的都是真的，鄭之龍只要想做，沒有做不好的事。

我好開心，比誰都開心，雖然二哥離成功還有一段路，至少已經往前走了一大步，接下來就靠他自己了。

我們雖然是丁秋祝的小孩，但我們都不是丁秋祝。

自己的小孩，自己養。

某人看著那張超音波照片傻笑了好久……

他還約了大夥來家裡聚餐，開放點餐，說今天要當「型男大主廚」。結果湯湯和阿澤去約會，茉莉又去找學長，彪哥本來要帶嚴華阿姨來，但她有事，只好帶著兒子來蹭飯。

當我看到門口站著雷愷，而我卻一身T恤睡褲、素顏大眼鏡，頭髮上還夾著鯊魚夾……他淡淡地瞥了我一眼，跟著彪哥進門，笑得有點曖昧。我差點出手打他！

在客廳玩樂高的飛黃騰達一看到雷愷，馬上喊：「姑丈好！」

「不要亂叫！」我怒吼。

彪哥看著我們兩個，笑得比雷愷還要曖昧……我真的不介意父子倆一起揍。

吃飯時，大家東聊西聊，大哥時不時看向彪哥，看得我都忍不住了。

「大哥，你愛上彪哥了嗎？人家現在可是有女朋友的。」

大哥急忙收回視線。自他從醫院回來開始，就這樣失魂，老是問我彪哥和嚴華阿姨的事，尤其是嚴華阿姨。我幾次都想追問，但不希望造成大哥的壓力。或許真的有什麼他說不出口的事……但到底是什麼事？

吃到一半，門鈴響了。

「該不會是湯湯或茉莉吧！」可能她們行程結束就趕過來了。我開心地起身開門，但門外站的卻是丁秋祝。我一秒結凍。

她趁我來不及防備時，推開我走了進來。

「妳怎麼上來的？」我有點火，跟在她後面問。

她轉頭對我笑得燦爛，「樓下有個好心的人，知道妳住幾樓，就告訴我了。妳以為我只能問警衛嗎？」警衛自從上次阿 Ben 的事後，就被我下了封口令。

這些三姑六婆不該被抓去槍斃嗎？

丁秋祝走到餐桌旁，看著滿桌子菜，不高興地說：「一家人吃飯也不叫我。」然後捏著飛黃騰達的臉問：「看到奶奶也不叫人啊，不想奶奶嗎？」

他們兩個異口同聲，「不想。」

「奶奶」這兩個字她也好意思說出口？連一次都沒有抱過他們，只顧著交男朋友和結婚，丁秋祝可曾買過一顆糖果給孫子？

但反正她也一臉無所謂，繼續對著彪哥說：「阿彪，啥時帶女友來給我鑑定一下？我來看看有沒有比我好……」

大哥突然火大地丟下筷子，對著我媽大吼，「一定比妳好！」飛出去的筷子還差點打到雷愷，大家都被嚇了一跳，不是因為筷子，是因為大哥的憤怒。

「你這是怎麼了？吃到丁熒口水嗎？」丁秋祝也不高興。

眾人一陣沉默，我和雷愷四目相接。我別過頭去，不敢再看雷愷，此時此刻，比我素顏還要丟臉。

丁秋祝看大家反應如此，似乎也覺得無趣，從包裡拿出一個信封遞給我，「你們的電子機票，日期都在上面，該請假的要記得請假。」

我面無表情地接過，然後在她面前直接把信封丟進垃圾桶。她氣得大吼，「丁熒，妳在幹嘛！」

「是妳在幹嘛！妳只有要結婚的時候，才會想到家人，因為妳需要家人去當妳結婚的背板，製造妳有美滿家庭的假象，不然連一個朋友都沒有的妳，有誰要參加妳的婚禮？妳到底有沒有把我們當作是妳的小孩，就算一次也好！」我忍不住也對她大吼。

丁秋祝直接給了我一巴掌，大哥和二哥馬上站到我面前，對她怒吼，「妳憑什麼打她！她有說錯嗎？」

「妳有像過一個媽媽？」

彪哥也生氣地拉著丁秋祝，「妳怎麼伸手就打人啦妳？」

雷愷起身到浴室拿了條毛巾，從冰箱取出冰塊，將包著冰塊的毛巾敷在我的臉上。飛黃騰達跳下座位，伸手推著丁秋祝，「壞人！走開！」

我推開大哥和二開，把飛黃騰達拉到我身後，對丁秋祝說：「只要妳告訴我，我爸是誰，我可以去參加妳的婚禮。」

「妳沒有爸爸。」她嘴硬地回答。

「我再問妳一次，我爸是誰？」

「妳沒有爸爸！沒有沒有沒有！」丁秋祝對我失控咆哮，「不參加就不要參加，我自己一個人也能結婚，沒有親人家人朋友又怎樣，我有老公就好了！」她氣憤地推開我，轉身走人。

每次她一出現，就是鬧劇。

我轉身回到昏暗的房間裡，放聲大哭，哭到外頭一切都安靜了下來。大哥開了我的房門進來，我聲音沙啞地問：「彪哥和雷愷回去了嗎？」

他坐到我床邊應著，「嗯，他們很擔心妳。」

這話我相信。這麼失控的家庭，誰不擔心？

大哥沉默，我也沉默。

不知道過了多久，大哥才說：「妳真的很想知道妳爸是誰嗎？」

我無力坐起身，「如果是你，不想知道嗎？」

大哥轉頭看著我，摸了摸我的頭，嘆了口氣後說，「其實妳可以問嚴華阿姨。」

「什麼意思？」我不懂。

「我只能告訴妳到這裡。小熒，有很多事，知道了並不會比較好。」大哥說完就走出我的房間。

我拿出手機，想打給嚴華阿姨，但看著時間已經午夜，掙扎了好久，只好先作罷，明天再打。

但我卻失眠了一整晚。

隔天，我連早餐都沒有吃就去公司了。

電腦開著，我卻在發呆，一直在想該怎麼對嚴華阿姨開口，怎麼問比較好？但如果嚴華阿姨知道我的事，為什麼她一直沒有對我說？有件事是可以確定的，我的直覺是對的，阿姨跟大哥真的認識。

我煩躁地起身，想為自己倒杯水，一個沒有拿穩，杯子掉到了地上。碎碎平安！可是我卻有一種不好的預感。才剛掃完地板，小妃衝了進來，一臉要哭要哭的樣子，嚷著說：「丁姊，不好了！」

「怎麼了？」我問。

她衝到我的電腦前，敲了幾下鍵盤，頁面出現「爆料公社」的社團貼文。

熱門貼文上的照片，竟是好幾張我和田松源的照片。有我們站在一起、聊天吃飯，還有他從我家公寓，我們一起走出來的畫面……重點是，因為角度的關係，每張照片中的我們都好像熱戀中的情侶。

文章內容大概是：某知名內衣品牌「我們起」的執行長，光明正大搶人男友，原配只是單純女大學生，鬥不過心機深沉的老女人。文章裡頭還附帶我和田松源通話時間的截圖……內容好長，照片好多，重點還有一段影片，我點進去，就見雷妮的眼睛被打了馬賽克，哭訴著我的罪行。

「……她就是騙子，從頭到尾都是騙子！她還跟我爸有過緋聞，說要當我小媽，結果轉身就勾引了我的男朋友，還說他們只是朋友！那種男人我也不要了，送給她，都送給她……」

我看著底下的留言罵我婊子、不要臉，甚至叫我去死，數量比安慰她的留言還要多，不禁有點茫然。

「丁姊，妳還好嗎？」小妃擔心地搖著我。

助理們也陸續來上班了，大家看著影片和貼文非常氣憤，「這女的有病嗎？」

「是那天來公司叫囂的那個女生，早知道那天就揍她了！」

「這個爆料的人，就是上次給我們一星評論的帳號。」小妃氣得跺腳。我看著帳號，不知道該說什麼。

此時電話聲響，小妃接起，不到五秒就聽她破口大罵，「妳才被劈腿一輩子！」然後氣呼呼地掛掉。

辦公室裡的電話聲接連響起，我比泰妃糖都快地接起電話，聽到不認識的人對我說著惡毒的話，「告訴你們那個不要臉的執行長，搶別人男朋友，出去被車撞！」

「我就是執行長。」我冷冷地說，對方馬上掛掉電話。

聽著電話裡的嘟嘟聲，我覺得自己不能再這樣恍神下去。電話響個不停，我開口對著泰妃糖說：「別接。」然後點開公司信箱，裡頭已有近百封的抗議信，再點進公司粉絲專頁，一星評論從一則增長了幾十則，甚至有網友揚言再也不買公司的產品……

此時此刻，我才真的有想哭的感覺。

湯湯和茉莉有說有笑地走進公司，見我們哭喪著臉，茉莉還笑著問糖糖，「幹嘛，執行長欺負你們嗎？」

沒有人笑得出來。阿泰把電腦螢幕轉向湯湯和茉莉，播了影片給她們看，幫她們追上我這荒唐的進度。

湯湯和茉莉嚇得久久不能自己，「這是在開玩笑的吧？」茉莉不願相信。

但當她接起一通電話後，她就信了。

湯湯走過來握住我的手，對我說：「不要怕。」

摸到她溫熱的手，我才知道自己的手有多冰冷。

我發抖著打給田松源，他是我最後的希望，如果他可以出來說明一切，可能就沒事了。卻沒有想到，他的手機關機，打去公司找他，祕書說他去國外出差一個月，近期不會在台灣。

「他去哪個國家出差？」我問。

「工作機密不方便透露。」

「有沒有他在國外的聯絡方式？」

「總經理隱私不方便透露。」祕書毫不客氣地掛掉電話。

原來世界末日也不過就是這種感覺。見我一臉絕望，茉莉氣急敗壞打給雷愷，「你知道你妹幹了什麼好事嗎？」

我回神搶過茉莉手機掛斷的同時，雷愷也剛好衝了進來，羊入虎口。

「你妹是不是瘋了？活在自己世界裡，讀了這麼多書，沒有判斷能力嗎？」茉莉破口大罵。

我嘆了口氣，拉住茉莉，用幾乎是求她的語氣說：「別這樣。」

湯湯見狀，接手把茉莉拉到一旁去，又叫其他人先回去做事。

我和雷愷的周圍瞬間清空，他一臉歉疚地望著我，「對不起，我不知道妮妮會這麼做。」

「先別說這些，我現在得要處理更重要的事！」

響不完的電話聲，還有不停歇的網友留言，我沒有力氣去聽誰說對不起，真要怪罪，我也有錯。我不該去學校演講，不該惹到雷妮，不該騙她我是小媽，不該明知道她男友是田松源的情況下還與他來往，我還以為單純「朋友」兩個字，就夠清白。

「我知道，我也想要找到妮妮，要她好好解釋這一切。正美在嗎？」他問。我這才想到，雷妮住在正美家，或許正美什麼都知道，但小妃卻說她今天沒有來上班。

拿出人事資料表按電話號碼打給正美，但她卻說：「我爸媽說公司名聲太差，要我辭職。」

我頓時無話可說。雷愷見我失神，拿走電話，「正美，我妹在妳家嗎？什麼時候？好，我知道了，如果她有打給妳，請妳告訴我，我的手機是……」掛掉電話後，他抬頭對我說：「正美說妮妮昨晚就離開了，我會盡快找到她。」我點了點頭，看著他著急地跑了出去。

湯湯和茉莉走到我面前，要我回家休息，公事他們會處理。我忍不住苦笑，「這已經不是妳們能幫我處理的事了，給我一點時間。」她們拍了拍我的肩，什麼也沒有說，因為說再多也沒有用。

我坐在椅子上，手機的震動也沒有停止過。大哥、二哥輪流來電，各個廠商、客戶幾乎快將我的手機打爆，「爆料公社」真的好強，比蟑螂還強！粉專一片戰火，一堆人要我辭職，甚至連百貨公司的專櫃也遭殃……

茉莉二話不說把電話線拔了，和湯湯帶著泰妃糖去各個通路據點和廠商那裡幫我滅火。我看著大家辛苦養了這麼久的 weup，現在有可能會因為我的關係而結束，害怕得全身都在發抖，誰能眼睜睜地看著自己小孩去死？

我不是丁秋祝，我得要救 weup。

於是我沒有經過湯湯和茉莉的同意，寫了封道歉信，對於造成這樣的紛擾感到很抱歉，從今天起請辭執行長一職，並從 weup 退股，懇請大家不要因為八卦謠言，而失去了選擇好產品的機會。

道歉信很短，我當然想過把所有的事從頭到尾解釋一次，但為什麼我要對那些路人解釋我的生活、我的交友狀況、我的感情問題、我的所有一切，這不是很莫名奇妙嗎？

如果消費者購物，需要考慮到老闆的道德標準，那我還是不要當老闆好了。因為就算不是因為這件事，早晚有一天，我還是會因為對丁秋祝不孝而被拿出來放大檢視。

我將道歉信放在官網公司和粉絲專頁後，開著車，不知道要往哪裡去。發生這樣的事，面對種種批判和惡評，其實比面對家人朋友的關心還要來得輕鬆。看到親人朋友為我擔心，聽到他們想不到話來安慰，讓我無比沉重。

開著車晃了一整天，手機震動了一天，但我真的好累，想到大家的心疼，我都為他們覺得累。我來到了二哥的店，他看到我，先是罵了一連串髒話，接著跑過來抱著我說：

「大家找妳都快找瘋了！」

「我知道。」

他放開我，瞪著我問：「知道幹嘛不接電話？」

「因為講到最後，會變成是我在安慰你、安慰所有的人，倒不如大家都別安慰，我們就面對現實好了。我沒有力氣再說半句話了，給我酒！」我坐上吧檯，二哥看了我一眼，轉身幫我調了酒。

「妳真的要放棄 weup？」他問。

我無奈地回答，「不是放棄，是拯救。」

二哥嘆氣，「沒有別的方法了？」

我苦笑，「你覺得有嗎？」

我喝了一杯又一杯，卻怎麼也喝不醉，直喝到撐了，還是好清醒，再也喝不下去，「我回去了。」我說。

「我送妳。」二哥急忙要走出吧檯，我趕緊制止，「你好好賺奶粉錢，我自己搭車。」

我走出 Iceland，門外喝酒聊天的路人認出了我。

「她不就是那個……」

「對啊，本人長的也還好，居然搶人家男友。」

「真夠不要臉的，我要是原配，不打死她才怪！」

我轉頭冷冷地看了她們一眼，路人卻拿著手裡的酒瓶直接朝我潑了酒。我一身狼狽，抬頭瞪著她們，「妳憑什麼潑我？」

對方一臉正氣凜然，義正言辭，「幫原配教訓小三，不是每個女人的義務嗎？」好一個團體合作。

「隨便一個爆料都能讓妳們這麼高潮，妳們平常日子是過得多空虛？」我說。

大概是說出事實，路人一個羞惱，握著酒瓶就往我身上砸來！我閉著眼睛等待痛楚，卻有人抱住我幫我挨了那一下。張開眼，我看著雷愷的額頭正滲出血，我氣得朝他大吼，「誰准你幫我擋了？」我還要欠他多少？

他沒說話，回頭怒視那群路人。她們知道自己闖了禍，跑得飛快，但我沒有打算放過她們。我會跟鄭之龍調監視器，讓她們為自己的行為付出代價……就跟我一樣。

在其他路人的指指點點下，我從便利超商買了簡單的藥品來幫雷愷止血。越想越生氣，上消毒水時我幾乎整瓶用倒的，棉花棒也戳得特別大力，不到一公分的小傷口，我用紅藥水前前後後硬是塗滿十公分。

「妳在不高興什麼？」他問。

「全部。」此時此刻，全世界最有資格不高興的人，就是我。

雷愷拉住我繼續糟蹋他傷口的手，「我有時候覺得妳真的很奇怪，妳是不是雙重人格？愛扛別人的事，自己的事卻不要別人扛。妳對別人講義氣，卻不要別人對妳講義氣，陷旁人於不義，妳這叫有義氣？」

我甩開他的手，「你這什麼意思？」

「意思就是說妳自私。對！妳很帥、很酷、很瀟灑，道歉文寫得真好。沒錯，妳辭職了，網友一陣歡呼，但海若和茉莉呢？妳怎麼知道她們想保護的是公司，而不是妳？」

雷愷拿出手機，遞到我面前，「妳自己好好看看。」

我在 weup 的粉絲專頁上，看到新的貼文：

大家好，我們是 weup 的另外兩位負責人湯海若和茉莉，在這裡先跟廣大支持 weup 的朋友說聲抱歉，為大家在這美好的一天帶來紛擾。稍早丁燊執行長貼出的道歉文，我們已經決定撤下。丁執行長的私人感情生活，我們沒有立場為她發表任何說明，但身為合夥人和朋友，我們仍支持並堅信丁執行長的為人。感謝所有朋友的指教，weup 會繼續努力，而丁熒永遠都會是 weup 的執行長，謝謝大家。

下方署名，是 weup 的工作團隊。

看著留言裡，也有把湯湯和茉莉一起罵下去的人，我難過得紅了眼眶，而雷愷繼續罵我，「走在艱難的路上，把戰友推開，妳說妳講義氣嗎？」

他罵的沒錯，我哭了出來。

眼淚就是這樣，掉了一滴，就再也無法收拾。

在我落下那滴淚的同時，雷愷抱住了我。他的肩膀承接了我所有的眼淚，一直憋在心底的苦痛委屈頓時傾洩而出，我整整哭了一個晚上。

大哭後，雷愷送我回到家，對我說：「就像妳想為愛的人付出，我們也會想為妳付出一樣，懂嗎？」

我雙眼紅腫地點了點頭，但他卻笑了出來。「妳才不懂。」

好吧，我真的不懂他在說什麼，和他揮了揮手道再見，轉身走進客廳，就看到大哥坐在沙發上打瞌睡。一聽見聲響，他馬上驚醒，看見我回來，他什麼也沒有說，只是起身走向我，給了我一個擁抱。

我又想哭了。

「先好好睡一覺。」大哥交代我。我點了點頭，走回房間，衣服都沒有換，身上還殘留被潑的酒味，但一躺到床上就再也起不來了。

一直睡到早上，我被茉莉和湯湯叫醒。我坐起身，還沒回過神，就被茉莉推進浴室。

「幹嘛？」我在裡面喊。

她們在外面回，「洗澡！我們是來抓妳去公司的！」

我看著鏡子裡那張滿含感動的臉。雷愷說的對，我其實是自私的，不能再陷她們於不義。每次我們都是一起走下去的，這次也不能例外。

去公司的路上，湯湯只說了一句，「妳的八卦總有一天會結束，但我們的產品會一直說話。」我點了點頭，或許我也陷那些真心愛公司產品的消費者於不義，他們才是真正會穿 weup 內衣的人，但我卻也把他們當成那些見縫插針的路人。

到了公司，泰妃糖已各就各位專心工作。還是有電話，但他們像是被教育過一樣，無論接到怎樣電話，只微笑地說著一句，「謝謝指教。」

危機不只是轉機，還讓我們轉大人。

見我來上班，泰妃糖朝我大喊了聲，「丁姊，早安。」

「早安！」我也不能輸給他們。

風向因為湯湯和茉莉昨天的貼文，有了些變化。大家欣賞湯湯和茉莉的義氣，有些人開始同情我，認為只聽單方面說法並不公平，底下原本對我的叫罵，現在分裂成了兩派人馬，然後吵來吵去。

我嘆了口氣，關掉電腦網頁，還是打開報表比較實在。看著昨天幾乎掛零的業績，我真對不起我們家的專櫃小姐，但各據點回傳的報表底下都寫了一句「丁姊加油」，看得我眼眶泛紅。我也只能發了封本月保證會有抽成獎金的公文回饋她們。

湯湯和茉莉也同時收到信，給了我一個大姆指。

我微笑，決定好好面對，但危機總是在看似要結束的時候發生新變數，老天爺像是要看我走上絕路才甘願一樣……我在百貨店長剛寄來的 e-mail 裡，點開了週年慶各個櫃點行銷活動的電子ＤＭ，卻在裡頭看到剛成立不久，專打我們公司的對手品牌 ladyoung 發表了新產品，它們的新作，竟跟湯湯這次開發的一模一樣。

因應越來越熱的天氣，湯湯找遍了國內外各大布廠，好不容易才找到涼感又柔軟的布料，開發了一款名叫「水內衣」的新商品。她前前後後做了近二十件樣本，讓常外出工作的我和茉莉試穿，改良了不知道多少次，才讓茉莉和我都感到非常滿意。它穿在身上的舒適度和涼爽度就好像泡在水裡一樣，但打算以此來當作我們主打的新商品，卻被別人打走了。

我以為自己眼花，喊大家過來看，才發現我沒有瞎。我們的設計被偷了，連廣告文案都幾乎一模一樣……湯湯備受打擊，像是自己的小孩被搶走，還沒有撫養權一樣。

震驚中，阿紫奶奶不知道又從哪裡出現，端了符水給我，「妳昨天沒有喝到，今天要多喝一杯。」

我嘆了口氣，「今天可能需要三杯。」我的霉運過給了湯湯和茉莉。

「為什麼？」阿紫奶奶一臉疑惑，但沒有人回答她。我們被挫敗KO，湯湯跌坐在我的辨公椅上，weup昨天差點倒了，大家今天差點倒了……打擊總是來得這麼囂張。

看著眾人哭喪著臉，我努力冷靜下來，看著螢幕上的電子DM，突然想起一件事。我抬頭問茉莉，「之前正美要去設計部時，我有請她找妳簽保密協議，她有簽嗎？」

茉莉回神，「我有拿給她簽，但她好像沒有給我。」

小妃衝到正美的桌子翻抽屜，在裡面看到了一張空白的保密協議。阿泰憤怒地開口問：「我可以大膽假設這一切都是正美做的嗎？」

「當然可以，我也是這麼想的。」我說。我打電話給正美，她沒有接，我也猜她不會接。接著，我改打去正美家裡，她的家人說她不在，不知道去了哪裡。

大家心裡都有了底，從挫敗的表情變成了痛心。阿泰氣得搥桌，「湯姊對她那麼好，什麼都教她，她居然做出這種事！還每天在那裡湯姊、阿泰哥的叫，我現在想到都要吐了。」

現在沒有辦法貿然報警，我們沒有證據證明這是正美做的，更沒有證據說明是對手抄襲，畢竟我們都還沒有上市，但不管怎樣，我們都是吃虧的那一方。

重點是，正美還是我錄取的。

「我去正美家等她。」一定要問清楚，我才知道自己的眼光到底是出了什麼問題！拿起車鑰匙就要衝出去時，雷愷卻衝了進來，「丁熒，我發現了一件很奇怪的事！」

大家一臉意興闌珊，我也是。「改天再說。」我得先去趟正美家。

「不，妳看！」雷愷又點進去那則爆料貼文，點著我和田松源的每一張合照，「妳看、妳看！」

我沒好氣地說：「這有什麼好看的！你現在是想怎樣？」猛往我痛處踩。

「妳看！田松源幾乎每張照片都在看鏡頭。」雷愷堅定地說。

大家頓時被這句話吸引了注意力，湊向雷愷的手機，頭都要撞到一起了。

「用電腦比較清楚！」我趕緊走到電腦前，再打開那則貼文，把每張照片都放大，真的就像雷愷說的，田松源總是在看鏡頭。

「難道他早就知道有人在拍？」茱莉不敢置信地問。

湯湯接著問：「他有跟妳說過，覺得被人偷拍的事嗎？」我搖頭。湯湯繼續猜測，「如果他知道有人偷拍，而不制止的話，表示他也希望被偷拍……」

「或許是他找人拍的！」雷愷更大膽地推測。

「他找人拍我們幹嘛？」這太不合理了吧！

雷愷抬頭對我說：「這就要問他了。我剛請航空公司的朋友查他的班機，本來只想確定他回來的時間好方便找人，沒想到朋友告訴我，近期沒有他的任何訂位資料。」

我驚訝地看著他，「難道他還在台灣？」

「是一定還在台灣。」雷愷信誓旦旦。

我衝了出去，他跟了上來，拉住了我的手。我以為他要阻止我，沒想到雷愷竟牽著我往他的車跑去，「我來開車。」我們跳上車，往田松源的住家駛去。

我滿腦子裡想的都是田松源為什麼要說謊？還有那一張張照片裡，他看著鏡頭的眼神，讓我忍不住起了雞皮疙瘩。我突然覺得自己似乎走進了一場我在明，敵在暗的戰爭裡。

但爭的是什麼？

到了田松源家樓下，雷愷才停好車，我正要下車時，卻看到正美慌張地跑了過去。我撲向雷愷，把他往下壓，生怕被正美看到我們，就這樣偷瞄著正美奔進田松源住的大樓裡。

「妳要一直這樣抱著我嗎？」雷愷清了清喉嚨問。我沒時間理會他的嬌羞，因為這一瞬間，我好像被打通了任督二脈。

拿出手機，我查了「田松源」三個字後，點進了一個又一個有他名字的網頁看，頓時心裡有了答案。

「妳這臉好像知道誰是兇手一樣。」雷愷看著我問。

我回問了他一句，「你有認識的駭客嗎？」

雷愷一臉不屑，「妳知道我參加過 Defcon 嗎？」

我無知，「那是啥？很厲害嗎？」

他一臉受不了地問：「妳要駭客幹嘛？」

「幫我查一個 IP 位置。」

「就這樣？」

他從後座拿出筆電，不到一分鐘，就查到了我想要的資料。我現在知道參加過那個什麼 con 的真的很強。

我下了車，仍有一絲絲期望，祈禱千萬不要是我推測的那樣……那個我曾經愛過的人，無論如何都希望他不要變成一個壞人。

我和雷愷搭上電梯，他瞄了我一眼後忽然笑了。

「現在是該笑的時候嗎？」

「妳看起來胸有成竹，我不該為妳笑嗎？」雷愷繼續笑著，我也不爭氣地笑了出來。

電梯門打開，我收起了笑容，突然覺得緊張。我們走到田松源家門口，按了電鈴。但不管我如何狂按猛按，他似乎是打定了主意，死不開門。

警衛突然搭了電梯上來，對我們說：「田先生出國不在，你們要找他就下次再來。」

我沒理他，繼續按，警衛一直試圖干擾阻止。雷愷突然拉住了我的手，搖了搖頭，我一愣，就看著他從走廊角落拿來了滅火器。

「你幹嘛？」我用嘴形問。警衛則是慌張大喊，「年輕人，你要做什麼？」

「開門。」他輕鬆地說。

警衛被他的舉動嚇到，正要攔阻雷愷的同時，他已經將滅火器砸向密碼鎖，一次、兩次……警衛嚇得不敢上前。鎖壞了，門被打開，客廳裡出現想躲卻找不到地方躲的田松源和正美。

我的心頓時像是死了一樣。

緩緩走到他們面前，我失望地說：「你們要自己解釋，還是我來說？」

「解釋什麼？」田松源故作冷靜。

「解釋你為什麼叫正美來偷我們公司設計，解釋你為什麼故意爆料，害我和公司名譽都受損。」

田松源冷笑，「妳有什麼證據？」

「沒有證據，我敢來找你？我們很信任員工，但不代表我們就沒有防備。」我拿出手機，點進了APP，裡頭出現了公司裡大家正在工作的畫面。田松源和正美都是一愣，我收起手機，對著正美說：「妳如果自己承認，我可以放妳一馬，要不然我一定告妳，讓妳賠到死。我記得妳還得要打工貼補家用。」

正美一陣心慌，田松源趕緊開口安定她的心情，「不要被她騙了，隨便一個畫面妳也相信？」

我笑了笑，對田松源說：「不查我還不知道，你家的公司轉型沒成功，面臨倒閉，所以回台灣後你就自己開了一間新公司，旗下的品牌就是ladyoung！」

田松源霎時白了臉。我很難過，我的猜測沒有錯。

正美一愣，突然拉著田松源哭喪著臉問：「你公司要倒閉了？怎麼可能？你不是說要帶我環遊世界，還說我想去哪裡玩都可以嗎？」

田松源不耐煩地推開她，正美卻哭著說：「你怎麼可以騙我？難道說喜歡我也是騙人的嗎？」田松源冷笑不語。

見他態度竟是這樣冷淡，正美一時急了，噗通跪到我和雷愷的面前，「丁姊，都是他指使我的，都是他叫我拍照，叫我偷湯姊設計的，妳不要告我好不好？」接著抱著雷愷的大腿懇求，「雷大哥，雷妮哭訴的影片是我偷錄的，你不要怪我好不好？」

「妳做這些事之前，都沒有想過會有這種後果嗎？」我覺得自己問得多餘。如果她會想得到，就不會做這些事了。

正美指著田松源，一把眼淚一把鼻涕，「都是他騙我的啊！還說出事了，都有他在。」

「我什麼時候說了這些話，妳有證據嗎？我可以告妳誣衊、誹謗！」田松源把責任全推給了別人。

正美氣得衝向他，卻被他一把推開。我在正美要跌倒時，趕緊扶住了她，出聲指責田松源，「你怎麼可以這樣，她們年紀還這麼小，你也利用得下去？」

田松源大笑，「妳怎麼不說是她們貪心？雷妮要不是看在我是小開，跟我在一起很有面子，可以跟朋友炫耀，她會選擇跟我在一起嗎？」

雷愷瞪著田松源不語。

田松源又看向正美繼續說：「妳不也一樣，要不是以為我有錢，怎麼敢背叛朋友、公司？別說我，大家都一樣賤！」

看著他把路走歪，我難過地說：「你以前不是這樣的人啊！你明明很正面、積極又溫暖……」

他突然像發了瘋似大吼，「正面積極還不是被妳拋棄！都是妳害的！都是妳！」

「難道你是因為和我分手才變成這樣的人？你打算把這些錯都推給我嗎？誰都可以選擇變成更好的人，不是嗎？」

我的話似乎把田松源的憤怒推向最高點，他一臉憤恨，「如果妳當初不跟我分手，我就不會出國念書療傷，就不會眼睜睜看我大哥把家裡的公司搞垮，我還要回國想辦法來補這些洞！看到妳這種賤貨居然成了執行長，憑什麼我什麼都沒有，妳什麼都有？我這口氣怎麼吞得下去！」

「所以你承認這一切都是你做的？」雖然知道事實，但還是心寒。

他朝著我步步逼進，「妳以為這世界上真的有巧遇嗎？我告訴妳，作夢！我回台灣後，看妳事業有成，發現妳和雷彪走得近，而他又有個女兒……我就算好這一切了。」

「你真的很可怕！」

「我會這麼可怕，全都是妳造成的，妳早就該去死！」田松源說完，忽然伸手狠狠掐住我的脖子。

雷愷出手揍他，他吃痛放開了我，兩人扭打成一團，正美嚇得大哭！田松源是地主，隨手一拿都是兇器，一下花瓶、一下腳凳……當我見田松源舉起了健身用的壺鈴要砸向雷愷時，我衝過去抓住了他，卻敵不過他的力氣！

我重心不穩倒在雷愷的身上，眼看壺鈴就要砸向我，雷愷一個翻身為我擋下。田松源不打算放過雷愷，舉起壺鈴又要再砸一次時，我推開了雷愷，準備承受痛楚……但下一秒響起的卻是田松源的叫聲，他暈在了我面前。抬頭一看，正美一臉恐懼，手裡拿著啞鈴，哭著問我，「他會不會死？」

「管他去死！」至少我們三個人都活下來了。

尾聲

病房裡，大哥正在罵飛黃騰達，二哥帶著剛做完產檢的 Maggie 走了進來，也加入戰局。彪哥一下削蘋果、一下削梨子，雷愷卻沒有吃到半個，不是被騰達攔胡，就是被二哥拿去孝敬老婆，彪哥生氣，滿屋子吵吵鬧鬧……

「都給我回去！」我被吵得頭痛，「你們這麼吵，雷愷怎麼休息？他肋骨斷了一根，以後搞不好要坐輪椅，你們還在這裡玩，當這裡是遊樂園嗎？」

雷愷拉了拉我的衣角，小聲說：「妳誇張了。」

我回頭瞪了他一眼，他馬上閉上嘴。

那天後來警衛叫了救護車，我們本來打算讓田松源自生自滅，但雷愷說要救他，我只好請救護車也載他一程。結果雷愷肋骨斷了，而田松源只是擦傷，那是在暈什麼暈？

病房裡的一群人被我趕走，連彪哥一起。因為他昨天整晚都沒有睡，只為了照顧雷愷。他有年紀了，不能操勞。

「我想上廁所。」雷愷說。

我一愣，「我去請男護理師。」起身想走時，卻被雷愷拉住。

「妳有沒有義氣，陪我去上廁所也不肯。」

「義氣」這兩個字讓我停住腳步。轉身扶雷愷下床，他幾乎把身上的重量都壓在我身上，我抬頭瞪他，他居然在笑。「笑屁啊，你好重，自己不能出點力嗎？」

「我有啊，但一出力就痛。」他裝可憐。

走進廁所後，我尷尬得不知道該怎麼辦，要幫他脫褲子嗎？想到這裡，我就覺得臉上熱熱的。

「妳幹嘛臉紅？」他突然出聲，把我嚇了一跳。

「哪有！」

他又開始笑，卻遲遲不動作，我忍不住問：「你到底要不要上啊？」

他停了一會後才說：「現在又不想上了。」

我瞪了他一眼，「你耍我是不是？」

他突然說：「我沒耍妳，我只是喜歡妳。」

我直覺反應，「你現在就是在耍我，還說沒有。」這人怎麼可能會喜歡我！

他笑了笑，直接低頭吻了我。我一愣，他好像真的喜歡我。

我生氣地推開他，他拉扯到傷口，痛得倒抽一口冷氣，模樣卻像是很擔心我的反應。

我忍不住對著他吼，「你瘋了嗎？居然在廁所裡面吻我？浪漫兩個字你會不會寫？」

不理他，我直接走出廁所。

他吃痛地跟著我走了出來，「丁熒，我……」

我墊起腳尖回吻了他，換他一愣。我笑了笑說：「這裡比廁所好一點。」

他也笑了出來，然後我們吻得難分難捨。

「先說好，我不結婚的！」我離開他的唇說。

「隨便。」他繼續吻我。

病房門突然被打開，雷妮站在門口放聲尖叫，「你們在幹嘛？」

我再次離開雷愷的唇，對著雷妮說：「妳看不出來嗎？」

聽彪哥說，雷妮昨晚向他求救。出國的人其實是她，想說去日本玩，還可以順便嚇嚇爸爸跟哥哥，難怪沒有人找得到她，沒有想到半路把錢包弄丟，只能哭著打電話回家。是二哥請日本朋友先墊了錢給雷妮，她才能順利回台灣。早上大哥幫忙去接雷妮時，告訴了她所有的狀況。大哥表示，雷妮沒有半點表示，只是嘴巴開開。

跟現在一樣，她應該是嚇到了。

雷妮又氣呼呼地指著我說：「我不允許我哥和妳在一起！」

我笑了笑，伸手摟住了雷愷的脖子，「衝著妳這句話，我一定要讓妳叫我一聲大嫂。妳哥都為了我受傷，我那麼講義氣，只好照顧他一輩子了。」

雷妮差點氣哭，「我不管，我死都不會叫妳大嫂，我要離家出走！」嗆聲後，轉身就走。

我看著她的背影，轉頭提醒雷愷，「你妹又要離家出走了耶。」

「妳覺得我現在還會被她恐嚇嗎？我親自己老婆都來不及了。」他說完又要吻我。

「誰是你老婆？我就說了不結婚。」

「剛剛妳明明說要照顧我一輩子。」

「那又不代表要結婚！」

「那妳幹嘛叫雷妮叫妳大嫂。」

「我要氣她啊！」

「妳怎麼那麼幼稚？」

「我就幼稚怎樣？」談戀愛都還沒有十分鐘，就開始吵架，我看我們應該很快就會分手了。

他突然問：「妳們公司裝監視器，為什麼不直接報警？」

我笑了笑，從口袋裡拿出手機，假裝點進APP，裡頭再次出現監控畫面。但不到一分鐘，我便出現在畫面裡。雷愷驚訝地看著我，我出聲解釋，「其實這只是一段影片，你注意看茉莉座位後面的玻璃窗。」

他困惑地問：「為什麼有鳥要撞進來？」

「我們就是聽到怪怪的聲音，但每次抬頭都找不到來源，才用我的手機錄影。前陣子冷氣壞掉，所以開窗通風，鳥媽媽躲在我們儲藏室外頭面的陽台築巢，後來冷氣修好，室內關窗，牠找不到小孩就著急了……這段錄影看起來是不是很像監控畫面？」我得意地說。

人家鳥媽媽撞破頭都想找小孩，我媽則是撞破頭找老公。

他點了點頭，「我老婆人正又有腦袋。」

「廢話。」不到五分鐘又和好。

反正戀愛本身就是件幼稚的事，哪一段關係不是吵吵鬧鬧？

在我們幼稚得難分難捨時，田松源臭臉走進來，連看都不看我們，對著空氣說：「反正我知道我這輩子大概就這樣了，要告要怎樣，都隨便妳。」

我和雷愷對看了一眼，明白他這樣的態度，不過是想掩飾自己的無助。

關於田松源的處理方式，昨晚我和湯湯、茉莉，趁著雷愷睡著時，聊了快一整晚。茉莉覺得要告到底，還要他為我們的近日損失的業績負責，再登報向我道歉，說明那些無聊的爆料都是他要打擊 weup 和我的手段。湯湯則是覺得有時候人就差一個機會，或許田松源會就此改變。

茉莉的提議，我很心動，而湯湯的作法也讓我陷入思考。

「我不會告你，如果你覺得幾年前是我害了你，那就拿爆料的事抵消吧。」

我說完，田松源一臉驚訝地望著我。他一定覺得我好善良，老實說，我也是這麼覺得。

「至於偷取設計的部分，如果你可以把 ladyoung 賣給我們，我可以考慮不走法律途徑。」

這是湯湯的提議，收購了 ladyoung，水內衣也等於是我們自家推出的產品。

田松源一臉不敢置信，「妳們瘋了嗎？ladyoung 才剛推出不久，根本還沒有什麼價值。」

我笑了笑，花錢買一個剛成立不到一年的品牌，的確很像瘋子，但仔細想想，weup正值擴編之際，我們需要人才、產線和各項資源，雖然ladyoung很年輕，但市面上口碑也算不差。老實說只要田松源好好經營，ladyoung早晚會成為weup的勁敵，但他走錯路了，我只好先走一步。

「有沒有價值我們說了算，反正你算便宜一點。」我說。

他冷冷看了我一眼，什麼話都沒有說走了出去。

「你覺得他會答應嗎？」看著他離去的背影，我問雷愷。

「會。」他斬釘截鐵地回答。我轉頭看著他，他繼續說：「我相信他不是笨蛋，上次選錯了路，這次應該會學乖。」

我點了點頭，希望如此。

我想起了大哥、想起了二哥、想起了自己，原來，我們長大了還一直在學的東西，叫學乖。

隔天湯湯和茉莉來探病，拿出手機又要叫我看。

「妳快看一下，快點！」茉莉直接把手機湊到我的眼前不到一公分的距離。這是要怎麼看啦！而且我現在對看手機這件事，感到非常害怕。「妳快看！是好事。」茉莉喊著。

我拿過手機，看到「爆料公社」的新貼文，是田松源用那個一星帳號，說出了事件過程，對於用這樣的方式報復，鄭重向我道歉。

底下又是一堆過激言論，我頓時成了全台灣最值得同情的人，公司粉絲團還因此破了二十萬人追蹤。

「今天每個櫃位都打來要補貨……妳知道公司今天收了多少慰問花籃嗎……接了多少通道歉電話嗎？」茉莉開心地說不停。

我笑了笑。我根本不在乎自己能不能在別人的心中洗白，因為無論我怎麼被黑，都有一群愛我的人在身邊。

但那群人裡通常不包括丁秋祝。

在當大家為我開心的時候，她居然出現在雷愷的病房門口，一走進來就嘴臭，「公司快倒了吧？」

病房裡頓時一陣安靜。

「妳來幹嘛？」我冷冷地問。

「來探病啊，有什麼好問的？」她把手上的雞精放在床頭，盯著雷愷看，「長的挺像阿彪的。你幾歲？一個月收入多少？在追我們丁熒？」

「關妳什麼事。」我說。

「奇怪了，妳是我女兒，我關心妳的交友狀況，有什麼不對嗎？」她走到一旁坐下，繼續說著，「如果公司經營不下去，我不介意帶妳跟我去美國一起生活，妳未來的小爸，在那裡可是吃得很開，隨便幫妳介紹，都能讓妳不愁吃穿……」

大家的表情都很難看，尤其是雷愷，但又礙於是我媽的關係，只能忍住。我正要開口吼她時，有人幫我回了話。

「妳以為每個女人，都要學妳靠男人吃穿嗎？」

我抬起頭，見嚴華阿姨表情嚴肅的站在病房門口，一旁還跟著大哥和二哥。剛剛那句話竟是從一向和善的她口裡說出來的，讓我們都很驚訝，而我媽丁秋祝小姐，臉上罕見地浮現了「心虛」兩個字。

嚴華阿姨走到我媽面前，直盯著她看，看得我媽不知所措。「妳還是沒變啊！丁秋祝。」

我聽到阿姨喊了我媽的名字，她們居然認識？

大家都是一臉意外。

我媽沒有回話，而是轉身想要逃，卻被嚴華阿姨攔住，「這麼快就要走，連招呼也不打一下嗎？三十幾年沒見，沒有話對我說嗎？」

「沒有。」我媽又再次慌張地想要逃離，卻被嚴華阿姨拉住。

「妳過去對我做的事，我不和妳計較了，但妳從來沒有為這些孩子做過什麼，就別要求他們為妳做些什麼。我不准妳再用媽媽兩個字來糟蹋這幾個孩子，聽見沒？」嚴華阿姨警告我媽。

丁秋祝一愣，隨即掙開嚴華阿姨的手，推開大哥和二哥跑了出去。嚴華阿姨不放棄地對著我媽背影喊著，「我一天沒死，就會保護這些孩子一天，妳有本事就活得比我久！」

這是怎麼一回事？我該要問誰？「有人可以解釋一下嗎？」我緩緩地問。

我看向大哥和二哥，他們低著頭，一臉不知道該怎麼說的表情。我看著嚴華阿姨，她眼裡蓄著淚水，望著我的眼神和過去不同，多了憐憫和同情。她走到我面前，「妳真的想知道嗎？」

我點了點頭。

嚴華阿姨深呼吸了口氣後，開始說起過去。

原來她和我媽是國小同學，畢業後全家到台北生活，就和我媽失聯了。嚴華阿姨結婚後，在台北車站外面擺攤貼補家用，卻遇到了帶著大哥和二哥，為了躲避分手男友而北上的我媽。

嚴華阿姨見她一個女人帶著兩個孩子，不知道要怎麼生活，便幫她租房子、找工作。但我媽總是做沒有兩天就不去了。嚴華阿姨擔心大哥、二哥沒得吃，便請她老公帶些吃的喝的去給我媽，但沒有男人就像失去全世界的我媽，卻和嚴華阿姨的老公日久生情……

「我那時傻傻的不知道，還叮嚀守義要多幫忙多照顧。他倆的地下情持續了一年，最後我還是知道了，妳媽隔天就帶著世豪和之龍走了，沒多久，我也和守義離婚了。我不知道那時妳媽已經懷了妳，是上次在醫院見到了世豪，推算了時間才知道……」嚴華阿姨哽咽到說不下去。

原來，這就是為什麼大哥看到嚴華阿姨，表情會是那個樣子。

原來，我媽死都不肯說我爸是誰，因為我是她破壞朋友家庭的證據。

我想過我爸會是誰的千萬種可能性，但沒有想過會是這樣。罪惡感襲捲了全身，我覺得自己好髒，我忍不住衝進廁所狠狠吐了出來！我沒有臉面對任何人，只想逃……

我何止是私生女，還是媽媽勾引好友老公偷偷生下的私生女。

雷愷不知道什麼時候擋在病門口，不讓我出去，逼著我面對這一切。

嚴華阿姨走到我面前，拉住了我的手，「傻孩子，這不是妳的錯啊！這都是我們這些大人的問題。在這樣環境長大的你們，還能活得這麼好，我有多感動啊！」

我流著眼淚。大哥走向了我，一臉歉疚，「小熒，對不起，瞞了妳這麼久，我不敢說就是怕妳會亂想。」

「世豪來找我，問我該不該讓妳知道？當然應該啊！妳媽不敢面對自己的錯誤，那是她的事，妳本來就有權利知道誰是妳父親。」嚴華阿姨伸手抹去我的眼淚。

「妳不恨我嗎？」我哭著說。

嚴華阿姨給了我一個微笑，「愛妳都來不及了。」她真誠的聲音，讓我的眼淚掉得更凶。她撫摸著我的臉，「妳媽搶了我一個老公，但妳給了我一個男朋友啊！我現在很快樂，也很幸福，別去想過去的事，我們一起往前走好不好？」

我感動地點了點頭，眼淚還是流個不停。

嚴華阿姨像媽媽一樣把我擁入懷中，拍著我的背，我哭得更大力。原來「媽媽」這兩個字不過是一個名詞。我從未享受過的母愛，卻在嚴華阿姨身上感受到……好諷刺、好荒唐，好像現實人生。

「這幾年，真的辛苦你們這幾個孩子了。」嚴華阿姨也難過地看向大哥和二哥。他們走了上來，抱住了我和嚴華阿姨。

家是什麼？有愛的地方，就是家。

我看到茉莉和湯湯也一臉感動地流著淚，對我微笑。

家人是什麼？愛我的人，都是家人。

望著雷愷，他也正看著我，我們在彼此的眼睛裡，看到了滿滿的愛意。或許婚姻是什麼？我還不知道，我只知道，眼前這個男人，應該可以愛他很久。

而人生向來沒有十全十美的結局。

一切好像都看似完美，卻仍有遺憾。即便我知道了父親是誰，但他早在四年前就因肺癌過世。還記得那年，丁秋祝曾經要我送她去靈骨塔。祭拜一個朋友，硬是要我陪她上去，但我卻不肯。

「那是妳朋友，關我屁事？」

原來，那個人就是我爸。

我媽總是陷我於不義。那是我第一次，這麼靠近生身父親。

「我等下上去，要叫爸爸、伯父，還是叔叔？」

陪我來祭拜的雷愷問著。

「你開心怎麼叫就怎麼叫。」我說。

「那我要叫爸爸！」他笑得闔不攏嘴。

於是，他真的喊了我爸一聲「爸爸」，還說了許多好聽話，什麼會好好照顧我啦！會陪我一輩子啦！不管怎樣都不會讓我傷心之類的老套話，但我卻聽得好感動好想哭，只是不知道該說什麼。

已經上完香的雷愷，一臉好奇地看著我，我尷尬地承認，「我不知道要跟他講什麼。」

他笑了笑，「現在妳知道我的心情了吧！對自己爸爸就是很難開口，但是我想妳爸一定也跟我爸一樣，他們都懂，也都明白。」

我紅著眼眶，點了點頭，最後只說出一聲，「爸，我會再來看你……」雖然第一次喊爸，有點生疏，但我想熟能生巧，下次會更好。

拜完我爸後，雷愷牽著我走到下一樓。「現在換我媽。」

沒想到雷愷的媽媽也在這裡，「那我要叫什麼？」換我問。

他回答，「妳開心就好。」

站在雷愷媽媽牌位面前，我喊了聲「媽媽」，眼角瞄到雷愷得意的笑，只好對著媽媽說：「媽，雷愷昨天凶我……」然後開始打他的小報告，凶我喝太多啦！念我工作到太晚啦！

他笑了笑，還是很開心的樣子。

回家的路上，我轉頭對雷愷說：「我之前答應阿紫奶奶，如果彪哥和乾媽結婚，我要在大樓外面辦流水席，你要付一半的錢。」

「為什麼？」

「因為我高興。」

「好吧！那我跟二哥昨天看足球轉播打賭輸了，我欠他兩張蜜月機票，妳也要分攤。」他說。

「為什麼？」

「因為我高興。」他說。

「這樣下去不行，我們兩個人的開銷很大耶。」

他笑了笑，「沒關係，等我們結婚時討回來啊！」

雷愷牽起我的手，一臉好像我答應了結婚一樣，但愛到卡慘死的我，居然就這樣讓他牽著，還跟著他一起笑了起來。

我的不婚體質，會被他治癒嗎？

日子還很長，我們都不知道。

四年前，靈骨塔門口

丁熒氣呼呼的吼著丁秋祝，「妳真的很莫名其妙耶，妳的男人幹嘛叫我來拜？我還要趕回公司上班！」

「妳就陪我上去一下會死嗎？」丁秋祝說。

「會！」丁熒一個大吼，嚇到了正準備去新加坡研習，來和媽媽說再見的雷愷。他正巧從門口走了出來，丁熒的聲音簡直刺穿了他的耳膜。

雷愷皺眉，伸手摸了摸耳朵，被丁熒看到他嫌棄的表情。丁熒本來就是輸人不輸陣的脾氣，睜大眼睛一瞪，雷愷的勝負欲也在此時被激起，回敬一雙大眼。兩人的眼神在空氣中對峙了幾秒。

不識相的丁秋祝在兩人的眼神戰爭中，硬是插上一腳，「媽要的不多，就只要五分鐘而已，妳脾氣怎麼這麼拗？」

雷愷一臉恍然大悟，臉上閃過「啊，原來這女人脾氣不好，又不孝順」的表情，沒給丁熒扳回一城的機會，獨自下了這樣的註解後，走向自己的停車位。

丁熒氣得牙好癢，只好把帳全算在丁秋祝身上，「五秒鐘我都不給！妳的婚禮我都參加不完了，現在要開始拜不完嗎？」她轉身就走。

「妳去哪啊？」丁秋祝對著她的背影大喊。

丁熒頭也不回地說：「回家！我的車留給妳，隨便妳拜多久，連拜五個小時也可以！」沒注意一旁汽車駛出，差一點就撞上，丁熒轉頭瞪著車頭，見到車子裡頭坐著的人是雷愷，冷笑一聲，緩緩舉起手，朝他比出中指。

在車上的雷愷一愣，幾秒後才回過神，按下車窗對著丁熒大吼，「妳有沒有長眼睛啊？媽的，誰娶到妳誰倒楣……」

丁熒當作沒聽到，優雅地繼續往前走。

雷愷一定不知道，未來總是說不準的。

【全文完】

〔後記〕

願成為所愛者的燈光，給予倚靠的力量

常覺得，人很難自己一個人好好活著。

跟孤單沒有關係，跟寂寞也沒有牽扯，而是身分。我們總是某個人的兒女、兄弟姊妹、朋友、同事、親戚、伴侶……這些標籤，都是我們活著的快樂與壓力來源，避免不了、拒絕不了、剪斷不了。

最近許多人談情緒勒索，我們都明白，那些加諸在自己身上過多的期待，與不平等的責任都是一種勒索，無論是哪一種關係。

「我那麼愛你，你為什麼不那麼愛我？」這種很鳥的話，我以前也說過。

後來才發現，啊，那時候的男友真的很善良，為什麼沒有報警把我抓去關？我是在勒索他啊！後來報應來了？我也被勒索了，才知道那種無言以對和無可奈何，於是再也不勒索別人，也不願意被別人勒索。所有的相處，必需得要感到自在，才有辦法維持長久。

對我來說，有一種關係很難斷捨離、很難客觀看待的，叫家人。

每次被我哥氣得要死，但他一通電話打來，我也是赴湯蹈火再所不辭；每次都發誓再跟我弟說話，我就跟他姓，但三十幾年了，我還是一樣跟他姓；每次和我妹吵架完，冷戰三十三天，莫名其妙就又和好了……

我曾經對家人有所期待，希望他們能成為我覺得應該成為的樣子，好話說盡，難聽的話也從不嘴軟，但他們仍是那個樣子。我氣、我火、我恨鐵不成鋼，後來發現，我到底為了什麼要把別人煉成鋼，他們是個活生生的人，有對生活的想望、對人生抱持的態度，那都是他們自己，而不是我。

我只有那一句話，想要對方快樂。但卻發現自己太過自大，憑什麼認為，他們用自己的方式生活，就不會快樂了呢？我們都是別人生命裡的過客，如果能為彼此留下一點什麼，或許很好，如果什麼也不能留下，至少留下一點自在吧。

現在，有多少人還像丁熒一樣，為了愛的人衝鋒陷陣，像顆轉不停的戰鬥陀螺？我們都願意成為某個人的支柱，但前提是，我們不能自己先倒。

願我們都能優雅地成為某個人的一道牆、一盞燈光。

雪倫

國家圖書館出版品預行編目資料

若你聽見我的孤單／雪倫 著. -- 初版. -- 臺北市：商周出版：
家庭傳媒城邦分公司發行, 民106.12
面：　公分. --（網路小說；273）

ISBN 978-986-477-346-6（平裝）

857.7　　　　106018752

若你聽見我的孤單

作　　　者／雪　倫
企畫選書人／陳思帆
責 任 編 輯／陳名珉

版　　　權／翁靜如
行 銷 業 務／李衍逸、黃崇華
總　編　輯／楊如玉
總　經　理／彭之琬
發　行　人／何飛鵬
法 律 顧 問／元禾法律事務所　王子文律師
出　　　版／商周出版
城邦文化事業股份有限公司
台北市民生東路二段 141 號 9 樓
電話：(02) 25007008　傳真：(02) 25007759
Blog：http://bwp25007008.pixnet.net/blog
E-mail：bwp.service@cite.com.tw
發　　　行／英屬蓋曼群島商家庭傳媒股份有限公司城邦分公司
台北市民生東路二段 141 號 2 樓
書虫客服服務專線：(02) 25007718、(02) 25007719
服務時間：週一至週五上午09:30-12:00；下午13:30-17:00
24 小時傳真專線：(02) 25001990、(02) 25001991
劃撥帳號：19863813；戶名：書虫股份有限公司
讀者服務信箱：service@readingclub.com.tw
城邦讀書花園：www.cite.com.tw
香港發行所／城邦（香港）出版集團有限公司
香港灣仔駱克道193號東超商業中心1樓
E-mail：hkcite@biznetvigator.com
電話：(852)25086231　傳真：(852) 25789337
馬新發行所／城邦（馬新）出版集團【Cité (M) Sdn. Bhd.】
41, Jalan Radin Anum, Bandar Baru Sri Petaling,
27000 Kuala Lumpur, Malaysia.
Tel: (603) 90578822　Fax:(603) 90576622
email:cite@cite.com.my

封 面 設 計／黃聖文
排　　　版／新鑫電腦排版工作室
印　　　刷／高典印刷有限公司
總　經　銷／聯合發行股份有限公司
電話：(02) 29178022　傳真：(02) 29110053
地址：新北市231新店區寶橋路235巷6弄6號2樓

■ 2017年（民106）12月5日初版
定價250元

Printed in Taiwan
城邦讀書花園
www.cite.com.tw

 ISBN　978-986-477-346-6

商周出版

廣　告　回　函
北區郵政管理登記證
台北廣字第000791號
郵資已付，免貼郵票

104台北市民生東路二段141號2樓
英屬蓋曼群島商家庭傳媒股份有限公司　城邦分公司

請沿虛線對摺，謝謝！

商周出版

書號：BX4273　**書名：**若你聽見我的孤單　**編碼：**

請於此處用膠水黏貼

商周出版

讀者回函卡

感謝您購買我們出版的書籍！請費心填寫此回函卡，我們將不定期寄上城邦集團最新的出版訊息。

不定期好禮相贈！
立即加入：商周出版
Facebook 粉絲團

姓名：＿＿＿＿＿＿＿＿＿＿ 性別：□男 □女

生日：西元＿＿＿＿年＿＿＿＿月＿＿＿＿日

地址：＿＿＿＿＿＿＿＿＿＿

聯絡電話：＿＿＿＿＿＿ 傳真：＿＿＿＿＿＿

E-mail：

學歷：□ 1. 小學 □ 2. 國中 □ 3. 高中 □ 4. 大學 □ 5. 研究所以上

職業：□ 1. 學生 □ 2. 軍公教 □ 3. 服務 □ 4. 金融 □ 5. 製造 □ 6. 資訊
□ 7. 傳播 □ 8. 自由業 □ 9. 農漁牧 □ 10. 家管 □ 11. 退休
□ 12. 其他＿＿＿＿＿＿

您從何種方式得知本書消息？

□ 1. 書店 □ 2. 網路 □ 3. 報紙 □ 4. 雜誌 □ 5. 廣播 □ 6. 電視
□ 7. 親友推薦 □ 8. 其他＿＿＿＿＿＿

您通常以何種方式購書？

□ 1. 書店 □ 2. 網路 □ 3. 傳真訂購 □ 4. 郵局劃撥 □ 5. 其他＿＿＿

您喜歡閱讀那些類別的書籍？

□ 1. 財經商業 □ 2. 自然科學 □ 3. 歷史 □ 4. 法律 □ 5. 文學
□ 6. 休閒旅遊 □ 7. 小說 □ 8. 人物傳記 □ 9. 生活、勵志 □ 10. 其他

對我們的建議：＿＿＿＿＿＿＿＿＿＿

請於此處用膠水黏貼